# 流转的时光

蔡勋 著

百花洲文艺出版社
BAIHUAZHOU LITERATURE AND ART PRESS

**图书在版编目（CIP）数据**

流转的时光/蔡勋著. --南昌:百花洲文艺出
版社,2024.9.--ISBN 978-7-5500-5423-3

Ⅰ.Ⅰ227

中国国家版本馆 CIP 数据核字第 2024V7E085 号

**流转的时光**
LIUZHUAN DE SHIGUANG　　蔡勋 著

出 版 人　陈　波
责任编辑　杨　旭
装帧设计　湖北新梦渡传媒有限公司
出 版 者　百花洲文艺出版社
社　　址　南昌市红谷滩世贸路 898 号博能中心一期 A 座 20 楼
电　　话　0791-86895108（发行热线）0791-86171646（编辑热线）
邮　　编　330038
经　　销　全国新华书店
印　　刷　武汉鑫佳捷印务有限公司
开　　本　170mm×240mm　1/16
印　　张　15.75
字　　数　31 千字
版　　次　2024 年 9 月第 1 版
印　　次　2024 年 9 月第 1 次印刷
书　　号　978-7-5500-5423-3
定　　价　88.00 元

赣版权登字 05-2024-212

网址 http://www.bhzwy.com
图书若有印装错误，影响阅读，可与承印厂联系调换。

# 「目录」

## 第七辑　过往 / 133

## 第八辑　求证 / 153

## 诗性，生命至美

认定一种归宿，洗去一路风尘，由此进入一个相对自由博大的思绪空间。写作无涯，花海柳岸，流水春光。在这片闲云飞渡、车马无痕的艺术天地，我尽可把脚步放轻，把触角伸向深远。此时，内心世界完全被一种想象占驻，行吟发问，赠作酬唱，咏物叙事，更多是借助诗行真切与外界发生一切必然的联系。从具象到意境的一席之地，成为生命情感的贯联、容纳和寄寓，成为我与时空进行交流的静美。承载一切心灵活动，肯定或者否定，迎接或者抵止，快乐抑或悲悯。诗性文字的释怀，在灰暗中闪亮，在寒风中林立。

一位诗友说过一句今天想来都痛彻心扉的话：用诗歌表达生命的最真，我努力地写着，用诗歌记录生命一点一滴的消亡。每每回味这刻骨铭心的话，我不禁想起诗人顾城在激流岛用尖锐的斧子杀死他的爱子、爱妻最后自杀那惊天动地的一幕，一位文士在祭文里这样写道：愿生生，不为写诗之人；愿代代，不为写诗之后。读到这里，我已是满眼泪花，无语沧海。诚然，在诗人的眼里，诗歌是他面对这片繁华似锦的当下世界最让他开心动颜无与伦比的美丽，是令他夺目销魂、朝圣礼拜的彼岸和崇高。在其心里，诗歌饱含着他透过浮云洞察人生、静观红尘的一往情深。我与诗友是同龄人，更是有着相同情怀的挚友。不同的是他为人师，礼仪规范，行止有方，生性宁静而又持重。我在文艺界工作，足以享受阳光下一弦一思的艺术绽放。作为一个衷情缪斯的写诗之人，我的思绪是激越的，我的快意是动感的，我的心是柔和的。我以为，所谓"诗言志"，每一首诗须有某个具象表达的主旨，这主旨可以是一种情绪的体验，可以是一种自定义的评判，可以是对一种事物的发掘和解析，也可以是对心灵成长的某种关切和观照。诗是由情感发酵的，而哲学是凭逻辑发言的；诗歌往往用灵动的发现去叙述某种相对的静止，而哲学则是用冷峻去揭示物质运动的本质特征。基于此，我对诗歌写作的理解是：意象结合自然，文辞简约脱俗，具有艺术自创空间，整体结构上有音乐流动的韵律。主观上形式结构的求新造异，并不能拯救诗歌失色的垂危，"诗人不是只会敲键盘将文字分行的人"，信也。

没有诗歌的民族是悲哀的民族，因为他们缺少审美；没有诗意的生活，是空洞苍白的生活，因为欠缺想象。物之于美，言之为诗。一代诗祖陶渊明以其"不屈已、不干人"直面生命的情愫，在这片土地上留下了生命自由、自然光辉的诗意创造和精神典范。诗人的一生是爱恨的一生，是守真的一生，是寻梦的一生。因为爱，世界的一切都富有生机和意义；因为爱，诗歌自觉脱离世俗的逢迎和妩媚，而以一股旷古的情去环抱大地，以一支利箭的矢力穿越叠障。至今更加深切地体会：唯有扎根泥土的，唯有与时空抗拒的，使人怀着感恩心存敬畏的，才是有意义的思考，才是终极的价值选择。

2023 年的春天就这样摇摇闪闪地来了，它在我心中的文字还没有变成诗歌的叶子之前就来了，让我的期待成为某种奢华。必然的到来就是必然的离去，必然的升起就是必然的沉落。凭吊过往，不再悲怆；抚摩岁月，坚定自我。诗之于我，和之有趣，拾之有欣，修之有性。不想让诗义完整包裹自己的柔弱和无奈，这几乎是不可原谅、不可理喻、不可挽救的自我加害。只期许生活中多几分诗意的瞭望、诗意的流澜。用带着速度的传递，用带着温度的文字，审思自我周遭变与不变的人事物态。从不拒绝真诚，从不忽视崇高，从不教唆文字。只有用心使力，意念下沉，再举力浮升，从平淡和卑微里，从烦冗和琐碎中，力所能及表达真我性情，采撷几朵激扬生命的火花，以诗歌的名义，向生命致敬，向生活致谢。

带着一丝快慰，静静行走在时光碎影中。如果没有尽情的岁月体验，如果没有爱过恨过的时光流转，简单的生命，因为麻木而无奈，因为疲惫

而凋谢，窗前长满枯黄的草，我还有什么理由说：诗意，你是我生命中的
最美！

砚无税

2024 年 5 月 30 日于九江市文联

第一辑

时光

# 白露写意

放逐人世悲欢
任由往事漂泊
消逝到黑夜
消逝到天尽头

无须顾盼和回访
乘一缕炊烟升起
听秋雁凌空歌唱
幸福出发，便到终点
文字凝霜，便是曲罢

云雾散去　天开颜回
栽下的石头
从天台滚落脚下
纷乱的海潮
从波澜归于平静

越是简单，越是不凡
田园者，耕耘岁月
功利者，欲盖弥彰
热烈而矜持

温情而隐忍

白露时分

发亮的记忆一点点虚淡

回到农历长廊

夜的宁静，怀抱思想或执念

月的高光，早已把背影淹没

2019 年 10 月 17 日

# 流光碎影

看她披上葳蕤霞光
为这沉睡的土地织出一片耀眼云锦
她就要乘上一艘不舍昼夜的船飞到海外
微茫的村庄被美的誓言带着节奏

善用表情，从容应对高贵和卑微
没有谁，会去破灭她的美丽和优雅
善用美丽，演绎星光和月色
又有谁，能识破藏在笑靥里的狂妄？

善良之辈只想善良的事
摇曳之光戏弄红尘
流光碎影，浮世清欢
消磨着她的光荣和惊艳
也嘲弄着她的诺言和背弃

魔方转动的日子
岁月一颗一颗掉下牙齿
稀疏的草地上
孤独的牧羊人
面对落日低悬
唱一曲《往事只能回味》

2007 年 10 月 26 日

# 归 来

红霞映日的早晨
抑或金光万朵的午后
在一阵清风的伴随中
终于回到了家——
抖落一身尘埃

闭门谢客
闹市与亢奋无关
欲望只是累赘
这一天，我是
在原野上寻找山花的人

慈祥的老人轻轻走近
讲述火海的故事
年轻的诗人悄悄走近
创意的青春活力四射
疲惫的旅人惶惶走近
满怀期盼，欲言又止

这一天
用善待点亮一盏灯

依稀听到溪水的歌声
似乎看到河畔的新柳
一粒粒吐出新芽

归来吧，归来
静静拥怀满屋的栀子芳香

2006 年 4 月 26 日

# 剪 影

时光，蜗行如同一艘沉载的铁船

我靠着河岸行走，独自眺望

远处的点点风帆

与落日余光话意吻别

涂抹着语言，着力寻找童话世界

从一架水车爬上玉兰树洁白的枝头


我，此时此刻

像是被飞鸟钳住了手脚

没有丝毫展翅的振力

时光碎片

在断断续续的记忆中

划出一道道泪腺般枯裂的伤痕


2005 年 6 月 13 日黄昏于南昌市滨江

# 过 程

迷失或是一瞬
醒悟有一个过程

生长源于基因
凋零有一个过程

记忆滋养了岁月
遗忘洗刷着背叛

过程牵连因果
过程蕴含辩证

静静小石桥
目送流水的消逝
它用信念强力支撑着
沉默和尊严

2005 年 5 月 21 日

# 晨 光

微茫的影像游离着

村落 田塍 河床 峰峦

一幕幕向前靠近


风生 水起

羽衣 霓裳

珍藏晨光


明净的晨光里

施展艺术身手

背影刻画得如此动人


在绿色的小河边

安详信步

浅唱低吟

留下一地眨眼的露珠……


2007 年 2 月 25 日清晨于江洲

# 慰冬书

这个冬天横着走来
雪花和阳光不曾照面
冰河之盟解体
失散的记忆加速修复

大红围巾
在风中起舞
它被漂白的阳光挂失
桃花向春天报到
流光摇曳，心焰寸寸点点

风扣不声不响丢落
敞开已久的胸怀
遥想浮世若梦
断断续续的物事
被冬云打包寄走

此刻，有你，
你上升的目光
把我的心路延伸
把偏移的时差着力矫正

2006 年 12 月 3 日下午于家中

# 流光不曾把你我抛弃

有痛无痕的你
明天可披篷 启程
不远不近的你
或在风雨中长歌 低吟
心志比山还高，比水更远
大地的孩子
面对流云 波光
还有什么比这更加幸福！
用极度的欣赏，向着远方
一千朵太阳。一万树玫瑰。

一身仆仆尘埃
如水的月光照亮窗台
迷恋往事的人
是谁装饰了你的梦
是谁把尘封的你悄悄打开
是谁在火的舞姿中向你勇武挥手

风尘仆仆的爱人，请你宽待我
把肉体放得这么轻
把岁月算得那么远
我睁大眼睛
世界却是这样的小！
就算只有一次旅行

就算永远没有回头的岸
用熟悉送走陌生
将陌生托付熟悉

追风扑蝶的人
我不知道，你的前生
有过多少离散的苦和累
我只记录，洗去铅华的今天
有太多不尽的填补和无言的恩谢
我还继续有梦，努力活着，可以选择
长成花粉的颜色
开遍草地的光芒

时光，将缓缓留下厚厚的足迹
而我却只能是你渐次枯萎的背影
一朵闲云
一丝波痕
一眼无声的泉流
我快意做一个无名无氏的牧者

爱人，你可以不用对我说：
天气冷了，少些出门吧
我只想在生活的风口，检票上车
把一切祝福留给春意正浓的小草
用自我的表白淹没一切纷纭
寄情千里 遥望前程

感谢你，时光

一天天一年年流转

流转成一片树叶

流转成一杯牛奶

流转成一堆枯石

感谢你，母亲，爱人，孩子，朋友

我唯有不停不弃 用心去爱

爱一路炊烟 风云

爱一切高蹈 低微

爱此一生

默默，无言

2006 年 4 月 28 日

# 握紧时光

你在高原采撷云朵
我在峡谷编织风铃
风云际会，时空无涯
没有因为，无需假设
一枚熟悉的徽章
把寂寞的记事本照亮

让心情抽絮
用目光采集
快乐相聚
啤酒绿得可心
虫声近得可抚
一团火焰在夜空起舞

一场倒春寒，黯淡了岁月
理想在漠风呼啸中
坠为一丝残云
山，是那样危耸
水，是那样汹涌
无韵分别，让七夕羞惭

情深缘浅，往事如风
抹不去岁月那串曾经的熟悉
走出城堡，追觅一盏不曾熄灭的渔火

温柔不是热浪

低眉无非愁肠

斗胆一声低唤

心花开得如此灿烂


青鸟远远飞来

原野无边无际

激情在阳光家园尽情挥洒

鲜艳的映山红，一朵一朵

开遍心窗


如此熟悉心跳

如此可人回望

亲爱的，让我们共同握紧

这电光石火般的时光


2007 年 4 月 27 日

# 时光喻示

重复又重复的脚步
从交汇走向离析
被格式化的日子
站在落日余光中抒情
微风在唇前低语
寂寥在风中穿行

植物拔节盖过种子的腐烂
你不紧不慢地行走
把伤怀 怨恨 悲欢摔下山崖
宁静而自然
从一个山头飘向一片水域

酒菜甜得发腻
想起暮鼓晨钟
想起高天流云
不用等待秋声
勿须恐惧沙尘
一丝鸟翅掠过田野
足以让麦子笑到金黄

2006 年 2 月 23 日

# 似水流年

多少年，遇见你，遇见

姗姗来迟的秀美岭南

寂寞和无解叩问满天星月

在夜莺时高时低的啼鸣中

山花缓缓绽放

秋风神韵　冬云雪亮

顺着你乌黑发丝

探寻诗意人生的履痕


岁月深沉，亦如父亲

父亲，他将一生的德行积蓄

植入你的悲欢　打发你去远方

父亲，他用祖传秘方

维系你的思念　放任你的漂泊


谁说人生不是　愈走愈远的孤旅

风雨雷电，不过是长了翅膀的想象

谁说爱情不是　一串结满风霜的藤蔓

爱恨交织　惆怅难解

留下支离破碎

白天和黑夜相互撕咬


谷雨缤纷

读你记忆不朽

月明星稀

林下期许生发郁郁清欢

止住神思

烘干潮湿

一片状如蘑菇的火烧云

植入寂寞梦涯的宫腔


恩谢田园不老

柴桑菊花不败

它让京九不再遥远

青春的超值积累　足以

富庶余生华年


且以轻盈的露珠

洗去一路烟尘

且用生命的纹理

惜你一世情缘


2022 年 1 月 16 日

# 冬至不冷

今日冬至，零度左右徘徊
长夜深沉，灯影万千
一朵晚霞，沿着上弦月的弯弓滑翔
波光明耀透散出春意微醉
广寒宫近在咫尺
桂子树下水袖起伏

人间天上，谁主沉浮？
失算的玛雅人，又该笑你蠢蠢欲动
抛却烦心事，木鱼也喑哑
谁愿将一生写给游离和浮萍
任意流光，在月下低吟轻弹
有你陪伴，冬至不冷

一叶孤筝，满天流霞
虚空的日子摊开展平，装裱岁月
欣然拾起一地记忆
透过丝网，海棠摇曳，风景依旧
且有一朵使性的云，逆袭无畏
把自由寄送——
长空归雁
大地无比厚藏
矫情的寂寞无地自容
赶海的人儿，纵情在绮丽星河

伫立在这冬至路口

冷暖交替……

倾情守候一道流光清影

期许 祝颂 月神由远及近

人海中，微雨茫茫，旧游何曾忘?

凋零即为新生，风尘皆由过往

君且信，独有一念向月不败

2020 年 12 月 21 日

第二辑

过

程

# 随 想

像一尊玉雕

玲珑起伏

优雅仿古

在柔和的光影里吐散


像一枚果子

饱满圆润

微风送来清香

春意盎然夜未央


像一片雪花

轻歌曼舞

水袖舒展洁白的云帆

黑土滋养不朽的深情


像一株水草

聆听鱼虫的呼吸

怀抱露珠的微笑

栖息云天波澜


像一朵音符

诗意流动

轻盈的彩凤凌空飞跃

波光织出高粱地的岁月回声

像一把檀扇

打开人生经纬

折叠不住的风情

洋溢着东方不败的青春


像一帘幽梦

静水流深

太阳雨镶着金边

紫色的含羞草开遍一地芳华


2007 年 9 月 25 日

# 维 度

友人说
没有健康和生命，何谈精神和追求？
转而又说
若无精神和追求，勿言生命和健康！

风与草相视一笑
——谁高谁低

太阳漫步云端
林泉下的鱼虫
该开始忙起来了

行至一个山头
朋友安心打坐
他似乎对耀眼的飞瀑流云
视而不见

2006 年 3 月 24 日

# 水墨天然

## ——有感郭倩倩女士书画展

光阴绣成一朵花

蕴藏在浓淡枯湿的水墨里

光阴刻录一首歌

放大明月乡关的水墨记忆

匡庐有诗，金陵有梦

书香含蓄温婉

心志明亮古今


宁拙勿巧，性真勿媚

以古为师，不逐时俗

静美善爱　在光阴里行走

仪态自若　在艺海修行

一意一象，舒放典雅

一笔一画，传旨自然


妙笔吐放神秀

丹青写意芳华

于喧嚣的市井中过滤浮尘

在简约的定义里探微本真

谁言金陵只有粉气

谁说秦淮只有酒家

谁言清风不谙花语

谁说水墨不识乡愁！

佳想安善。居心无物。
人生的每一步都是修行
岁月的每一处都是道场
在柔指中散发清香
在静默里韬光养晦

光阴编织一抹景致
岁月笃定一路相逢

2016 年 3 月 8 日午于浔阳

# 留 白

这个盛大的日子
繁华如织 蜂窝点点
我想去一所灰色的房子
与寂寞往事相会

诗友说
黑色是生命神仪的道场
我说
黑色是太阳隐形的翅膀
给心灵留一隅空白
任由纷繁的思绪填补

驻足户外 天际茫茫
爱为盲区导航
幽深的寂寞纷纷出逃

2005 年 10 月 1 日休闲题作

# 妙 意

苹果红着脸庞

或是知我羞怯的心事

糖果们五颜六色地坐着

甜蜜分给今夜所有的人

葵花子西瓜子胖胖张望

期待手的青睐

白花花的茶饼被谁点了颗美人痣

格外招惹某某的钟爱


窗外霓虹朵朵

往事重重叠叠

山气起起伏伏

蓝花豆，你缘何生气？

把一张小嘴噘起

茶什么也不说

与嘴唇频频相吻


2006 年 2 月 15 日于九江妙音素食

# 标　准

制定标准，章子若无其事
执行标准，资质拍手称快
检验标准，时钟沉默不语

标准，有时是一杆秤
标准，有时是一阵风

是谁认定标准？
是谁运用标准！

标准的标准
背后是法力金刚
无须质疑

2015 年 6 月 12 日

# 纠 偏

你啥时有了错乱并发症
时不时魂不附体
得想方设法找找方子
把迷幻的心调理调理

其实，你心智无损
只是某根神经错位
不停犯傻，不停哼唧
该近的不近，该远的不远
有谁真的懂你？！

不如干脆躺下
听风胡言乱语
思月寂寥无眠
看你慌得，漂泊流浪
把你瑟得，尘埃无定

岁月确诊你伤寒不愈
甚至只能靠幻觉存在
走不动就歇息罢
自我变换颜色
人模变成狗样
何来如斯，胜负无定

排你错位

读你暗淡

抚你枯萎

容你泛滥

对你轻声说

留些空闲，放放风筝

然后 早些回家

把心门牢牢关闭

趁月夜语焉不详

抓一把炊烟入梦

2005 年 10 月 21 日凌晨时分

# 心灵报告

所谓灵魂，它究竟是远还是近？

既看不见，又摸不着

请问，能有什么法子，把它请出

对面坐着，一起品茶 评鉴

我愿听它自由高歌

看它凌空高蹈


追梦的心舟，早已出海

我站在高处，期许它胜利归来

祈求岁月安澜，一世自在

不想他人无端为我付出

那些荣誉，酬劳，牵挂，统统遗忘

我也不需低迷 猥琐 病痛的爱情

尽管她拥有绝世美颜


清晨，一只飞鸟在阳光跳跃的窗口打坐

它全身的霞光，漂洗着周围的灰暗 寒碜 迷茫

阳光射进我的眼睛，穿透我的皮肤

渗进我的血管，检测我的骨质

我赤裸行走，毫无禁忌地发言

追随一朵雪花

在胜利广场自由狂欢


梦马回程

灵魂对我进行检测诊断

生命报告书上

打出一串词语：怀念 感激 记忆 哀思 敬畏……

我一边审阅，一边圈点——

人世兴衰，深情爱戴，专一心念

真实坦露，活着从容，向死无畏

2013 年 7 月 12 日

# 不夜城

城市怎能安睡
数以千万的桌上选手
正起劲甩动一双双酸胀的胳臂
捕捞一轮轮金色的月亮

一半是滚动的快意
一半是弹跳的企盼
热腾和冷瑟
期切和懊丧
在娴熟的指间来回交错

这个城市不需要名片
外来的人定能记住
一个停电后烛光流泪的通宵

2004 年 8 月 5 日

# 警 报

月光如水
还有奶酪的清香
被你的矜持阻挡
黑暗中一通奔突的狼嚎
摸摸额头，有点低烧

温度计可有可无
酒精因失效而尴尬
在你由远及近的咳嗽声中
力于退烧的板蓝根勇武出击

而你
在持续的抗拒中
把背紧紧地贴着墙壁

直到
流感拉响了警报

2005 年 3 月 8 日

# 品陶（组诗）

## 葛巾

五百年前
多好的一世光景
焚儒的噩梦已过去
罢黜 独尊
董博士掀开了新的一页

披上你，葛巾
寒士感到心灵的温度
柴门有了精神的家园
黎庶把礼义崇尚
士子以厚学为荣

历史的回声渐行渐远
而你生活的这个时代
兵家妄加掠夺 阴谋家不耻忤逆
你也由一位九品命官回到一介农人田父
天地轮回 初性儒雅
走到哪都不舍摘下 葛巾
是你唯一忠贞的行头

恩谢魏晋风流
把你的故事一路流传

春播夏种　秋酿冬藏
当一股清气从坊间腾腾升起
你把它从头顶摘下
排兵布阵般舒展开来
细密的心眼滤去渣尘
这一刻
葛巾，你有了别样的价值

端起大碗
品饮田园芬芳
也喝出一味苦涩
丝绳上晾晒的葛布
在漫天的秋风中无语飘零
孩子们，站在一旁
指着它，窃窃私语

只有你
心里挂着一轮明月的永恒

## 菊

千年万世的菊花
有了她钟情的主人

遗世之心
远世之情
菊开贞姿之秀

酒香深巷横庐

谁言秋天只剩肃杀？

谁说严冬唯见梅影？


一簇簇金黄耀眼

一副副灵丹救世

先生以菊下酒　长卧醉石

梦游昆华　道在羲黄


看那山岗上，高蹈临风

俯拾田垄间，卑微逊草

平平淡淡却岁岁年年

菊，你不是深山茂林的隐者

你是守节养真的一缕诗魂

任性情挥洒重阳

把颂歌寄托山海


## 神酒


世间并无此酒

因为一位爱酒却曾止酒

酿酒却等人送酒的诗人

酒便通了神灵


真个与酒有缘

每一首诗文都透出酒气

每一场序幕 以酒代言
每一次归来 乐酒盈樽
酒，扫除一切魑魅魍魉
酒，让山海生命渐次鲜活

有人说你，一生贪杯，故而乱性
生出一对"不识六与七"的弱子
历史不能从一千六百多年前回流
那块留有菊香的醉石不能开口替你说话
可叹酒肉逢迎 知音难觅

酒，是你的护身符
酒，是你遗世的天真
酒，是你思想的歌声
酒，是你神性的通达

欢酒，让琴书为你伴奏
浅酌，让孤征为你指路
造饮，让穷巷有了马蹄
春醪，让田园生机无限

祸福是酒
悲欢亦酒
你有一百个一千个故事
每个故事都沾满酒香
恰似，春天不能没有风车的背景
正如，寻道总也不忘西华的祥云

酒，让你思恋故园
酒，让你逃禄归耕
酒，让你远世称情
酒，让你桃源一梦

## 田园

草木盛长　豆苗稀疏
炊烟袅袅升起
斤柴车吱吱呀呀
一位仪态安详的田父
荷锄披月
吟风归来

往日繁华不留星点记忆
宅心快意，与农事为乐
秋冬开荒，春夏耘耕
早已把先师"厚读薄耕"抛却
一切顺其自然　多好

追慕先贤　穷巷茅庐养真
河山失色　长江边上怀桑
身远朝堂
心近故土

田园　并未荒芜
血脉里流淌　林泉　春醪

田园里，有的是亲情绕膝
田园里，有的是孤松傲岸
田园里，有的是琴书相伴
田园里，有的是五柳风情


颔首 白云悠悠
俯身 金菊灿灿


## 无弦琴

正史把你定调
野史把你撩拨
菊花诗丛里，伴着书香的你
款款而来


一天天读懂先生
我隐约触摸你的心迹
还有那一壶春醪的气息
在神趣中飞扬 交织


无弦琴，或许
你只是先生身后附加的一个传说
抑或，始终如一，你只是
一个天造地设的故事
与靖节不干 与嵇康无涉
唯与魏晋名士的风流相闻

我，一个音盲

面对遥遥白云，面向一片

桃花盛开的光芒

俯下身躯

倾听田园豆菽的呼吸

采撷几朵淡雅的从容

尔后，拾起一地零落的休止符

与尘世合一


## 飞鸟


一只失群的鸟

从早飞到晚

又在迷雾中绕回


江边那棵粗壮的桑树

在刀光剑影中倏然倒下

河山倾覆　草野萋萋

一声声司马哀号

遍地狼烟翻滚

哪里是你熟悉的家园？


弓弦声犹如霹雳

甚至来不及躲藏

只能振翅复飞

从寻阳到江陵

从姑孰到建康

一路风起潮涌 波谲云诡

稍不留神

就将掉进支起的罗网


孤独的鸟儿

在雾霾中穿行

飞呀飞 绕啊绕

钻出阴云 狂风又起

再也没有鹏程万里的志向

只能天路为家 萍露为食

飞一程是一程


悲心苦旅

人生若寄

飞鸟，给自己一个自由

任意他乡为客


2022 年 12 月 12 日

# 庐山红叶

植物园的叶子
说红就红了
大片绽放的红叶
让我一阵目眩
搜寻到一个久违的名字

思绪起起伏伏
岁月平平仄仄
一棵命名为槭的乔木
不经意间，撑开满天云锦
青春有约　诗词下酒
盼一轮红日临照
候一湖春意漾开

红尘归来
那一抹羞涩的红
当真与爱情有关?
那一朵跳跃的红
或许与生命做伴
那一叶卑微的红
最宜下酒　鼓瑟　赋诗

红叶

季风的信使

我需借万年冰川把你收藏

我要将锈蚀的时光植入春泥

2013 年 7 月 18 日

第三辑

感

应

# 车过大悟山

车子左突右拐
跌跌撞撞中
烟尘纷飞
水天模糊
我的泪腺枯涩

我们奔向幸福的速度太快了
幸福是需要用心
一步一步靠近的

2009 年 11 月 5 日

# 解　嘲

霞云花瓣

一片，又一片

一片片，衷情而热烈的娇媚

莫非，它是有心？

执意要偷去我的睡眠

淡淡的晨光，随意飘洒

丢掉幻想

该醒来了！


咖啡被茶取代

真的不忍一口喝干葱翠的风景

血液不至于决堤，把智库淹没

幽微的苦涩里，记忆疲乏

风声又起……


仲夏夜，或远或近

亦重亦轻的脚步

是谁借着风的翅膀

把我广种薄收的希冀

带——走

2006 年 6 月 25 日

# 不可说

在夜的长廊
风的倾诉不可说
在泥土深处
鱼虫的呼吸不可说

在佛的青灯前
莲的心事不可说
在岁月的足迹中
故土红尘不可说

在云淡风轻的你面前
留下一丝轻轻的叹息不可说
人生如戏
不可说

2005 年 9 月 16 日

# 与风有关

## （一）

风一直刮着
风向却总在变
你试图了解风的雅兴
跟上风的节奏

风从不对你说
这样 那样
风也不说
因为 所以
平宁岁月
风托流霞捎一个词语给你
——风格

## （二）

风真的让你胆寒？！
头顶呼呼作响
惊了孩子，苦了老人
爱人，你睡得安稳吗？

我会把伤风藏在你枯萎的欲望里

随同一场剧烈地震

了无一切念想

2006 年 4 月 1 日凌晨

# 感同身受

白云展开自由的意志
绿草吐放寂寞的芬芳
拾一份怡然，涂鸦岁月

层出不穷的风景在眼前忽闪
万千涌动的激流在梦中澎湃
一份契约，彼此忍受孤独的孤独
一种精神，强力支撑灵魂的灵魂

当一朵花黄在冬日悄悄开放
你神驰情仪
邀约我微微的心跳
雪花吐出春韵
万丈霞云当空而舞

源于故土，灵魂任其流放
守护岁月，生命为孤独而歌

2004 年 9 月 15 日

# 一叶知秋

打发走最后一班季风

收录好最后一串音符

告别絮语绵绵之夜

遥望婆娑的月光抚影青莲


你不再是漂泊的彼岸

夜不再是温存的梦乡

止住深情，与流光呼吸与共

脱身虚幻，望天空云雀飞来


喘息的胡琴

拉不尽春梦雪寒

孱弱的告白

掩不住秋歌飒飒

秋风，恰似寒蝉凄切

秋色，令人悲欣交集


弦月如钩的夜晚

倾听木棉花开

抚弄田园素琴

往事悠然登场

出水的船儿，在残败的灯影下返航

记忆的流星，在广袤的银河中消残

落叶，我将怎样把你安放

流萤，我将怎样与你话别

敞开心扉

倾情寄语

一叶知秋的风铃

2005 年 11 月 6 日

# 寻 真

试图一千次　一万次突围
沙尘席卷　刀枪林立

标榜的誓言一旦出卖灵魂
装饰市场再度活跃

游离于所谓市井
低速的世界天真烂漫
看梨花怒放，听云涛送葬
把矫揉拷至审判桌前
注目雁影翎翅
划过旗帜，划过教堂
在霞光万丈中误入红尘

即便还有一缕尘光
羞辱不曾更改的夙愿
岁月如篷，痴心依旧
真我抵达永垂不朽的路桥

2004 年 5 月 30 日

# 感 应

前路百转千回
未来不可预知
搂着冰晶雪花
听窗外的风骄横无阻

当秋把绿荫的裙子藏进影集
摇曳的美丽在记忆中起舞
等待有多久远
理想的路程就有多么遥远
热血，无痕流逝
坐在台子上方
说说远古羲皇　唐尧虞舞
聊聊山海生命　日月星辰

忘不了捣衣声中时光撞击的疼痛
再也没有比挥霍生命更加疯狂的利剑
入侵的思想破门而入
一千次一万次在心灵花园绞杀

在空旷而荒漠的幻游中
千年胡杨是我唯一遐想
夜幕总是充当欺诈的梦衣
至高无上的星辰
伴奏庄严而神圣的诗唱

信使的阳光

给我一朵春天的微笑

慰藉心灵的感应

天也遥遥

地也杳杳

2007 年 9 月 14 日

# 卸 载

无论风怎么提示
不能止住你的独行
纵有一百一千个理由
莫名的负重，谁与共担？

日月星辰，自有轨迹
春夏秋冬，自有无穷
潮起潮落，自有节奏

放下再放下
掘开厚厚的泥石
给阳光一丝缝隙
听鸟虫无忧无虑歌唱
感应暗室中火花四溅的电流

走过岁月废墟
欣然迎接
宽怀放任
让简单重复成为习惯
挣脱桎梏，卸载程序
把蒙尘的岁月从轻发落
闲悠岁月，不需理由

2005 年 10 月 7 日

# 谶 语

看上去并无异样的水

一缸
出自工业管道
一缸
源于青山深处

城里人合计着把工业水往山里排放
又从山里不断取回清亮的泉水

偏有许多金鱼儿
死在豪华的府邸

2003 年 1 月 10 日

# 标 榜

画堂里一群看客
围绕一尊斑驳的木雕争执不休
个个俨然怀有神功
化腐朽为传奇

可叹
华佗不再
扁鹊作古

其实
那只不过是一副风化遗存的标本
木雕前世的故事
找不到一个文字注解

趁着还没有最后定论
正好可以无穷发挥
借木演绎一段历史
并以此标榜天人合一

2005 年 3 月 22 日

# 浮 桥

浮桥，并不轻浮
时而持重风雨
时而谦卑彩虹

匆匆的步履
离开了红尘
延伸到黑夜心旌
一只飞雁在头顶掠过
有如侦察机的机警和凌厉

波浪簇拥
城市霓虹不再羞涩
骄纵情歌
洒遍水面 油光忽闪

浮桥终将老去
而青山静默如初
一切过往和表白
皆如云烟消散

2023 年 5 月 8 日晚于修水县城

第四辑

# 棉　花

一方水土滋养
浓淡枯湿的岁月
面对孩子们嚼着棉花糖的甜香
我想说说苦涩
青田迎来雪亮的日子
我的灵魂世界
被一片雪白渲染

在餐桌很少说起你
在超市很少想起你
棉花，我像是从这片泥土流失的露珠
你的叶子早已入泥
你的身躯化作炊烟
乡村记忆时隐时现
月光跳荡里
是他乡人，为你动情地弹奏！

春播　秋采
严父慈母的辛劳
无言感动
是我深夜唯一的抵达和陪伴
我厌倦在人前赞美
把秋日的风景招摇炫酷
把大地的功劳举得太高

那是对你矫情的伤害，棉花
我只想把身骨洗得发白
被朵朵雪花热浪般流连

松涛激越
季风如歌
白如雪的花海
一身绿衣的姑娘
她想象着城市的繁华里
走出棉田的我该是多么富足
告诉你 春兰
我只是沙田里潺潺流动的一股润泉

若能穿越 时光回流
追风少年的我
做一个忠实厚道的耕夫
把明亮的阳光洒向田野
在一片绿海中打捞朴素的成长故事
感恩 惜福
默默与平凡为伍
那些在寒风中摆出的优雅
其实是你在用心织造
棉花，你是乡村中国的完美诗人！

2005 年 3 月 22 日

# 今夜我们喝茶

今夜我们喝茶
相约明天风霜晴阳
明天在街市的霓虹里
明天在云水的谣歌中

今夜我们喝茶
任由身心舒服
人生在朦胧的月色里
人生在依依的琴韵中

今夜我们喝茶
彼此触摸青春的心跳
温情，驱散生活冷漠
温故，抒怀生命本真

今夜我们喝茶
共同为友谊举杯
友谊，让我们相约远方海岛
友谊，为我们留下岁月佳酿

今夜我们喝茶
没有鲜花的浪漫
只有共情的烛光
星光，洒在窗台

翎羽，撩拨心口

茶饮古风
不知何时
恬淡闲适的王维
悄悄走进田园诗话

2003 年 7 月 29 日晚
与卫平、开武、伟征、杰敏四兄台喝茶归来

# 以诗歌的名义握手

想必是你内心独白 或者
持重的吟者，以思想之灯
照亮我 低速行驶的背影
往事 简洁而明亮
洗净灰色浮尘
字行如雁迹排列
且以诗歌的名义
与你握手

我也有新愁和暗恨
和你一样，日益漂白的情思
山坡长满青色的云
黑夜响起暴动的雷
走向山路寂寞
采撷松涛云瀑
沉静的茶，淡雅出新的意象
醒来的灯，唤起几声虫鸣
月影下青衫长袖
远走或王者归来

欲望超市的入口，人头攒动
你从石钟里踱步出来
心房涌动岁月时光的倒流
在花海柳岸的契阔喜宴上

我只申请列席

以诗歌的名义

摇落一树雪花

吐出半生迷狂


眷念 关怀 祈求 鸣谢

以上这些，其实，都还远远不够

不论生命长与宽

愿以诗歌的名义

与你切切相依

愿以诗歌的名义

与你坦诚握手


2006 年 9 月 28 日凌晨于家中

# 回家途中

铁船穿过河的皮肤
翔云的快意在水面层层荡开

船唱起歌谣
奔腾的浪花朵朵起舞

我无法与水相拥
追逐一片片落在甲板上的云影
云水向我发出诚挚的邀约——
归来

2005 年 9 月 18 日回乡途中有感

# 母　亲

母亲来了

她提着一袋子青菜来了

她坐在凳上，阳光洒遍窗台

母亲一边理菜

一边叨叙乡村邻里


母亲到来的日子

家里没有一丝灰尘

她的衣裳却布满了污垢

晚上，我在电脑前写文章

母亲挨坐身边

一字一句读着父亲当年为她手抄的歌本

直到我在键盘上敲完最后一个字


母亲住了几天执意要走

她放心不下屋前那片菜园

担心鸡虫偷吃菜芽

惦念在村里上学的孙女


母亲出门的时候

随手带去一些旧什闲物

她说花钱买的东西要爱惜

我把她送上车

她几次走下来把琐碎的家事再三叮嘱

母亲走后

空荡的阳台上

花草少了精神

我耳边少了些许叨絮

心里却生发几许密织的游丝

2005 年 4 月 13 日

# 赠 别

风展开云帆
云锦把记事本照亮
十八个春秋东西南北
时光深处，花语酿出新章
一串熟悉而轻盈的脚步向你我走来
热诚等待，轻轻述说
重温十三朝古城——
明媚而青翠的时光

青云在头顶穿梭
汉唐在心口穿越
金色的黎明
诗语一个个落叶黄昏
青春的记事本
我们共同书写友谊 编织理想

渭水之滨，笑语连连
西岳之巅，问道徐徐
因为爱，生命有了温度
因为憧憬，岁月织成图章
是花，就要开出花的姿态
是草，便要吐出绿的生机
期待相逢，岁月藏在心底
折柳相送，我们又将挥别云天

且以"曾经"的名义

送你一棵瑞草

惜你四年时光

用清泉洗去一路沧尘

用雁翎书写一生平安


2007 年 4 月 18 日

# 海边写意

一棵古铜色的树
立于精神之万世不老
活着，便是生生不息的繁衍
活着，便是顶风逆水的韧劲

从一粒粒发亮的种子里
音乐长出翅膀
海潮滚滚而来
瑰丽的海岸线由远及近

奔腾　加速
阳光　椰云
神仪　期许

青春的王国
欢乐的颂歌
隔空祝福
海天茫茫

2016 年 5 月 30 日午于文联

# 故 乡

故乡，是一棵高大的榆树
当天灾年荒
纵是苦水冲泡的一碗榆皮面
也能从酸涩中咀嚼出甜美的乡思

故乡，是一丛密密匝匝的马兰草
当微弱的生命任由洪水肆虐
自然，这无与伦比的慈悲
默默拯救一群麻木枯萎的灵魂

故乡，是一辆塞得满满的客车
在一路的尘土飞扬中
太行山忽明忽暗，游子情深
一路追思麻糊村的油灯夜话

故乡，是母亲精心裁剪的一双鞋样
你在一望无际的麦田奔跑，踩痛了脚丫
母亲密密麻麻的针脚里
缝补着女儿贫瘠记忆的荒芜世界

故乡，是一碟沙枣，几枚野果
不想让自己长大，躲在林子里，捏着小泥人
被奶奶拽出，牵引到东家麦场
指认一个个喊不出名字的乡党

故乡，是一脚不小心用力踩出的油门

是一畦文字感性通神的光明

故乡，是父亲弯腰，背上二百斤麻袋

是母亲欣颜，膝下一窝鸡雏

故乡，是啜饮不尽的异乡闲愁

故乡，是念念不忘的灵魂归途

2020 年 4 月 30 日

品读魏丽饶散文集《从一个故乡到另一个故乡》有感

# 水美九江

从一页水的历史走来
从一片水的世界走来
拾一串水文故事
谱一曲水乡谣歌

从一江春水的韵律中走来
从一湖清水的梦幻中走来
亲一口，水乡情深
赏一幅，水墨浔阳

大禹治水　登临匡庐
周郎点将　胜算曹军百万
朱陈挥师　大战鄱湖十八年
人民军队　横渡长江捣黄龙
因水而名　因水而兴
甘棠烟水今犹在
塔影锁江复春秋
一曲春江花月好
千古悲欢往来客

水　善利万物

水　激浊扬清

流淌不息的濂溪水

照亮了城市的新鲜面容

佛性的聪明泉

书写着水美九江的历史传奇


古老的浔阳江

退役的老马渡

姑塘已久远

风雨四码头

一个个写满记忆的词条里

不离不弃，时空交汇

英雄，浮出水面

精神，凸显底色


感怀生命活水

重温浪井涛声

有约十里河畔

共庆水韵家园

水美

人美

九江美

水，你的恩赐，我们不再忧劳贫瘠

水，你的滋养，百年封缸岁月珍藏

水，你的引领，你我携手走向远方

水，你的力量，涵养文明造化万物


水美九江

水美九江人

水美幸福九江人！


2016 年 4 月 23 日

# 雁翎

谁言风景
只属于那些把春天挂在嘴边的人
谁说曲高
不曾与朴实的泥土亲近
一丛丛雁影，花枝般掠过水面
漫过你采撷神韵的日子

明净的夜晚
我踏着水声为你送行
洋溢在心房的月光
满载九华圣乐和香山枫情
你展开翅翎奋力跃起
穿过城市围栏
抵达乡村乐章

谁说你
只是一颗沉睡的种子
谁说你
不是一位朝圣的歌者
谁说你
只有一腔水漾的情柔
谁说你
不是一位守卫真诚的吟士

飞跃的雁翎

伴奏彭蠡豪情，凌空高蹈

在霞光璀璨的云端

开出一地惊艳的繁花


2005 年 11 月 26 日欣闻诗人雁飞创作丰收之际

# 向海之约

海岛，千里之遥
海岸，一念之缘

向海之约——
远与近隔空对话
斟满盛情的秋日
一只海螺，在耳边吹响
弄潮 赶海……

椰子树寄语飞扬
三角梅丰姿吐焰
敞开青春胸怀
驾驭洁白风帆
从满天星辰而来
银滩北海，你好！

任由奔跑，做个淘气的孩子
与海相拥，把烟熏岁月尽情冲刷
握起一把金沙
采撷一拎斜阳
衷情一枚前世今生的珠贝
放歌明月故乡

把歌声撒进大海

把浪花带到梦中

向海之约

红尘你我


2021 年 9 月 26 日于广西北海

第五辑

守

望

# 远 方

远方，其实不远
远方是心灵净土
远方，其实不空
远方是生命全部

既然选择，就无需回头
既然选择，便只顾寂寞前行
波光照亮海岸
善因结出善果

远方有清凉世界
远方有无限寥廓
远方，延伸着你的前世今生
远方，驻守在你辽阔心田

随缘就好，放下即安
了无红尘中纷纷扰扰 磕磕碰碰
青灯下再也不闻一声女儿的叹息
一切那样自然 收放
一切那样简洁 明亮
只需轻轻地来，静静地去
把身心和未来交给天籁
远方是天，远方是地
日升日落，白云来去无牵

暮鼓晨钟，岁月深耕无痕

聆听远方，远方有一声呼唤
把你从睡梦中唤醒
遥望远方，远方有一条河流
你披篷出征与清波同行

平心平性　且悲且欣
智慧修得正果
悲悯生发光明
缘分接引天空
觉悟修成大道

走向远方，再也不惧凄惶
凄惶是昨天的嘈杂和刀枪
朝圣远方，从此风轻云淡
风云是生命的寄存和安放
走向远方，坚定命运所向
走向远方，拥抱幸福起航

2016 年 8 月 9 日于市文联
作赠市作协常务理事余玲玲女士履新之际

# 平行线

我是你永远无法抵达的面对
我是你永远无从泅渡的河岸

青衫布履，顺应季节更替
伤痕井绳，打捞生活甘苦
岁月季语，传递平行世界

让我失联，使我孤寂
把我囚禁，缝补旧章

永无尽头的平行线
走近是一段苦旅
让我在记忆中一次次把你刷新
让我在幻觉里一次次与你陪伴

2007 年 9 月 16 日

# 高天流云

## ——回杨廷贵先生赏文

我在浔阳江头

敲击键盘驱逐喧嚣

你在鄱阳湖畔

用清冽的湖水过滤浮尘

自由不是放纵

沉默不是无言

一种称之为关怀的情节

如高天流云

通过无由的感动放出电光


沉默的姿态缘于底气

沉默也是一种高贵

其实，你站得更高

看遍万千风景

却把平淡的一花一草

点染成一幅画图


如果有一天

我的眼睛被乌云扎伤

也将一如你坚守这份沉默

在白云袅袅的原乡

搭建一个尖顶帐篷

让成长的鸽子

采摘我用诗心播撒的阳光

2004 年 10 月 28 日

# 聚散时光

今天下午，赶往南昌，夜宿滨江
餐桌上，肥美草鱼，鲜红西瓜，柔静的流光
中国江西国际傩文化艺术节，在这玄妙的时空
拉开帷幕

爱情，总是一个古老而又年轻的话题
她使每个人的心灵颤出回声
又使你我在漫长的等盼中疲惫
亲爱的，愿你是一朵不败的花
开放在我热情洋溢的心怀！

徐兄把喜悦倒进酒杯
与大家一起分享他的甜蜜
小章把阳光写在脸上
默默期待百花吐蕊
小袁美眉，美得不用收藏
一句话使我们怦然：爱，难道
只是唯一？
萍乡吴姐给我们讲述了一个电影片段，
——等待爱情，也许就是等待失望！
还有一位餐饮经理，他偷偷地笑
让我收下他的名片
也许，他正在拉开爱情的弓弦

明儿开始"傩"了

人一多，五颜六色的面具忽而扎堆

时光，又将写成一页来不及甄别的过往


2005 年 6 月 9 日于南昌滨江宾馆

# 红尘有约

此时，有狗在叫，该是城市猎人出山了
施工现场，交错的钢铁声，疑似筑造青春祭台

开窗临风，让时间流出些轻松
铁马说，雁飞从北京开会回来，与我们分享京城果香
瑰丽的诗章，在眼前翻腾

杯子烫得不行，茶绿绿地静坐水底
九华一愿，不再孤零
勤快的姨子，见衣服就洗，领导带头跳入滔滔洪流
人民币啊，一张张湿着微笑，在威风中仰卧起坐

快餐送来，四菜一汤，两荤两素，西红柿带来美丽的回味。
加水，点烟，开电脑放歌，搜寻红袖添香网友博客
噼里啪啦发短信，不知她真的爱上我？把一头亮发掠过我的脸
颊。
高跟鞋出出进进，一群栗色的眼睛，小朋友的背影沉重着消
失……
我装作若无其事，把一根烟叼在嘴里
蓝色烟雾中，我的想象温柔：一副精美牙具外加一顶帐篷的浪漫。
双休这般快过去，来不及整理
时光切成姜片，缺少些油盐的浸润。
一头雾水，一身灰尘，意志随风起舞
就当什么也没有来，什么也没有出现，什么也留它不住。

琴声的幽咽中，有一份真切

血液加速着凝固……


有朋友说，钱买不到的东西，除了健康和时光

我说，除非岁月没有回应，不是发生，就是凋零。

她咧着嘴笑，口香糖在鲜红的唇间表演杂技

灰色的甜蜜，好让我迟疑！


红袖添香原创网页点开了，一幅幅面容浮出了屏幕

思绪在激情中抽成茧丝，一双双眼睛引爆心灵磁光。

复制又粘贴，滑动的鼠标，咬住一个个月明星稀的夜晚。


夜色将要被谁细细耕耘？一切是这样直白而空灵。

空气清淡得没有云彩，心的旅程快乐向前

眨眼的星星，你告诉我回家的路？

时钟的微笑中，最终是枕头翘首期待

静谧中满心繁花盛开……


2005 年 11 月 6 日

# 夜雨寄友

浮光编织的梦
朋友，不要忘了，回家
在这热情努力抵挡寒流的时刻

也许，你已归于平静
表面平静并不能掩饰岁月的错乱
朋友，不要诱导我，不要让虚幻等待
在这盛情与寂寥竞相歌唱的长夜

也许，一串泡沫正在破灭
也许，一抹未知正在降临
鸿雁，不要被这风雨止步
不要把我生发的火炉关闭

2007 年 3 月 14 日风雨大作之夜于文联

# 用进废退

自从大脑短路
思想不受管控
在天花板上任意游走
不曾透析的光点
在血液流经的路口
把一个个神秘指令扫进仪表

气力浮而又沉
心中时悲时欢
城市吐着烟圈
大楼孤零零站成一排
偶有几片花絮在天边漫舞
加油站，一个个鼓足了劲
把黑色灰尘留给后来者

数字滚动记录着
麦子走向更遥远的河流
谁在旅途上制造了爱情事故
演绎为森林牧场的草木柔情

如是一人
他穿着镶边的衣服
劳作着今天活计
他从不觉饿，他很幸福

2007 年 4 月 9 日

# 为爱祝福

明媚的阳光，为新人开路
大红的花儿，急急走下山冈
凤鸟，振翅裁剪春风
爱神，敲打金石宣言

春风，在心河深处涌动
喜悦，挂上跳跃的眉梢
期盼，在目光里无限延伸
祝福，在高脚杯里层层荡漾

爱情一路走来
月老已坐上正位
时空交汇，生命和精神合一
苦涩终究酿成甜蜜

人生的旅程上
因为有沟有坎
生命才更需相扶
漫长的岁月里
永志红尘约定
携手风雨未来

2005 年 2 月 1 日为张建亭、冷运岚新婚大喜而作

# 无 题

杰敏钓技总让人眼馋
满载一篓，嬉笑一路

我不怎么服气
与他比我该算是谦和
鱼儿在水中，柔柔地游来游去
难道，你看不到岸边脉脉含情的脸

直到有一天，我发现
杰敏大把抛投饵料
安静坐在水边，满脸春光
他的笑是从内心抵达眼睛
而不是张嘴放笑
点燃一根烟，
神秘的笑意顺着烟云抵达涟漪
招来饥饿的鱼儿，猛找食饵……

杰敏的笑
是生活写实的一个范本

2006 年 5 月 7 日

# 清风吟

骄阳在宝山转了个来回
吻别鎏金华表后
骑着犀牛而去
散落在草野中的小木屋
与前来投宿的清风不期而遇

有心的人
不会早早歇息
趁天上还挂着几丝残存云彩
伴着虫声鸟语
到百果园再巡游一番


困了，乏了
自有清风为你歌唱

2001 年 5 月 26 日

# 圣 水

利诱一点一滴沉入水底
水草温情张开翅膀
以更加有力的速度澎湃
微薄的曙光，血样的痕迹
透散出——
明月 愁眠

圣水来自丘山
生命降临，泪泉奔涌
恩谢，沉浸的羊水
你把黑夜化作光明

因这圣水
所有所有的激情
都将被悲欢带走
所有所有的光环
都将为青松礼赞

2016 年 9 月 21 日

# 守 望

懦弱抛进水里
暖意铺开心河
骄傲的浮标，托起水中鲜红的月亮
水草温柔妩媚，风打着谜语
一片云儿跑来，悄悄告诉我
远方是海，远方是沦陷的天堂！

与静默相拥，与流霞惜别
许我一片雨林
伴你一世守望
如同守望这永不平息的水面
守望这不曾亏损的明阳

风，坐在水车上，轻轻舞着腰肢
水面，层层春色荡漾……

风儿，风儿，与我回家去

2011 年 7 月 23 日

第六辑

梦涯

# 落　寞

有个文友
用四包"极品金圣"香烟
不由分说
换走我的派克钢笔

煞有介事的提包
面容暗淡
我的心忽然一阵空落
有如嫁出女儿时的
落寞

那些即将化去的烟
或将萦绕我雪花般的梦

2005 年 1 月 16 日

# 梦的解析

梦中的我大病一场
接近死亡边线
奇怪！
爱我的人竟没有一个抹泪
悲乐一遍又一遍循环播放
有人一边低唱
一边麻木地编织花朵

实在动不了身子
甚至消失了一点一滴念想
多么期待死神欢乐降临
从岁月吟唱中体会一丝活着的庄严

谁知，太阳西下时
我竟大汗淋漓地醒来
翠鸟在窗前歌唱
平凡的熟悉中灵魂停止流浪

如果哪一天
我的心跳骤然停止
就让黑夜把我彻底埋葬
就让爱我的人把我彻底遗忘

2005 年 6 月 10 日晚于南昌滨江 5 号楼 201 房

# 霓　虹

荡腾的火焰在冰凌上起舞

夜色悄悄披上霓虹

波光如水柔

聚散时光稠

时光如影　雾起云耋

暖气盈盈

诗话陪伴


萨克斯管优雅吹奏

无边的乡思里星月愁眠

目光上升　思绪叠加

许三月一个桃花般的约定

窗外，朵朵霓虹忽闪

室内，兰花草含羞不语

2005 年 2 月 6 日

# 繁华落尽

手机停，笔墨枯

烟飘散，手心冷

相对无言，谁愿为我点亮一盏彩灯？

想起某年某月，又轻轻放下

电视只管给茶几上装饰课


起雾了，华灯淡了颜色

朦胧中可任意解放自己

给出足够的自由和空间

让出诱人的美食和烛光

蛙虫渴望出门做客


季节转身，看你孤芳自赏

雄性勃发的管弦，听你贩卖激情

奔突的野马，引你误入红尘


觉不出新鲜

按下时空暂停键

隔夜的白开水，缓缓流出清凉

繁华的时光

在退缩中渐次清淡


试把今夜，轻描淡写的一页，撕去

贴在明天，山花簇拥的路口

繁华落尽，无意困扰

时光纷纷

织出青山的倒影

2007 年 12 月 23 日

# 行吟者歌

你独自耕耘春天

打发失神的岁月

田园书写的辞章

慰藉荒芜和寂寞

你用云手植下一株樱桃

冷视暗室里偷笑的温情

你从冰天雪地里捎来消息

唤醒一地太阳


走过这滚滚烟尘

举头翘望明月

把一个个在此停驻的驿站

刻录在沉默胸膛……


欢乐的理由

容不得傲慢和蔑视

孤远的旅程

抛却了星云变幻

你执着如初

嘲笑放弃和逃亡

你持续发力

掀起咆哮的河流


搜索你繁花如梦

行吟这沧海桑田

你用悲欣合成的愿力

扫去这满天飞舞的浮尘

2006 年 2 月 19 日

# 预 示

今天早上突然起风

我听到一群窃喜的鸦

从龟甲钻出一只异物

群鸟毕恭毕敬

帽子四处抛撒

频频弯腰的人

激动的手脚发颤


黑色的天幕下

觅食的鸟

弹冠相庆

可怜的麦子

你为谁酿成新液

洗刷不尽杯盘狼藉


沉睡的火山

让青草点燃一把野火

让头顶乌云无处遁逃

2003 年 5 月 15 日

# 如蜃似幻

有一种创伤，一旦蛰伏在心里
羞愧，便在血液里流淌
空白，把梦境欺骗

就当骄阳一瞬，掠过你的脸庞
就当快门一闪，漾起你的甜蜜
就当彤云一晃，点染你的柔情
笑看浮尘

岁月如蜃似幻
相许的日子
把祝词用尽
却不能将一身疲惫托付

2005 年 11 月 11 日晚于家中

# 袭人的早春

你就这样无所顾忌
踏进一个薄雾朦胧的早晨

早春二月
迎春花在你的唇边俏放
月光在你的心口流莹
把期待装进袖口
渴望火车一路加速

春汛早来，漫天风尘
成为永远的怀念和眷恋
在街灯还没有开放的黄昏
一场暴风雨
把嫩绿的风筝摧折

不想你过早开放
莫名的花枝四处疯长
你告诉妈妈，正走过春天的路口
即将步入初夏时节
看纷纷扬扬的飞絮浪漫
一块温润的红手绢
被一双巧手精心折叠

初放的花蕾

艳丽，在寂寞内心躁动

暗淡的风帆，刺眼的日出

你将走进何方原野

又将被谁痛苦地依恋


袭人的早春

爱与疼痛并存


2003 年 8 月 15 日

# 梦与回放

## ——有感中国音乐学院钢琴系师生倾情演奏

让我以一个拥抱的姿势

向美丽夜色发出忠诚邀请

让我以一个意象的符号

浸透在湿润 流淌的琴声世界

欢乐的彩虹，乘着清风明月，绮丽起舞

德彪西站在欢乐岛上，由远而近地向我们招手

维也纳四季如春，春潮澎湃

阿根廷行进在星光洒落的画板上，起伏跌宕

古老中国，东方神韵，在平湖秋月中徐徐荡漾


古典与浪漫结合

晴岚与暗影交汇

要说感谢

感谢空灵世界 神智的光芒

要说感动

感动一个丝竹和鸣的夜晚

十五朵琼花，在美丽枝头，骄傲欢唱

要说感言

来自天籁的圣乐，洗去一切浮华和盛艳

复得自然，我们用心领教，彼此眷恋

得天之道，得地之造

从天真走向天真

从自然回到自然

琼花，沿一抹霞光升起，走向炽热

随一丝鸟翅飞扬，高蹈云天

在彩云追月的一路上，花开万朵，幸福缤纷

在深深的幽谷，一滴清脆的潺音

流岚着艺术的光荣与梦想

看！多情的李斯特

用爱的交响书写心中圣洁的诗行


音乐，静静回放

夜的脚步伴着浔阳江浪潮

一朵朵，波云翻飞

一片片，月影光华

时光。落霞。聆听。景仰。

爱你，并非遥远

遥远的，是这一生的仰望


2017 年 5 月 26 日

# 梦与影子

从深深的梦乡
牵引出一串湿漉漉的太阳花
忠实的等候，在夕阳下孤零
影子模糊还是真实，镜子叹息着
很远也很近的思念，最终
埋进深刻的黄土
乳燕，飞出梦的重围

梦，暧昧地挑逗月光
目光与影子擦肩而过
故事因真实而发亮，因荒谬而远古
琴韵因缠绵而生动，因和寡而伤寒

性情的风之手
抽出一朵朵游丝飘絮
百合花的日记里，是谁?
把蓝色的影子切成磁条
悬浮在洞裂的窗口

星星可否做证
梦，曾是一个小偷？
用影子做道具
把爱恨藏在浮云里

2012 年 9 月 28 日

# 行走在逗号和句号之间

有多少暗日，已经走过
空芜的岁月
而一枚逗号
错误地为你让路
茫茫的日子了无生机
一个句号向你走来

独木桥
悬挂在逗号和句号之间
而你注定不会回头
前方是丘，后方是岸
只能微微向前
泅渡奔腾的河流
风也萧萧，雨也潇潇
寂寞的送别在远山举行

也曾欢乐和悲伤。也曾动容和放弃。
逗号，爬满你的双臂
句号，栖在你的额头
走在一条明明灭灭的幽径
用粗鄙的声音呼喊未来
无由的断断续续……
迷雾，洒满一身
枯黄的落叶

行走在逗号和句号之间

把你牵绊让你虚幻

# 失 真

盛大狂欢
渐次华丽登场
惊雷，打穿了一脸闪耀的玻璃
忙着装饰的人，一边偷笑

在无助的奔跑与惊异之间
在柔蜜的爱意与宠幸之际
一团火苗蹿起
心虚的人，不敢直视

盛筵继续
你方唱罢，我又登场
失真的灯盏
千万次迷醉……

残夜。冷月。
孤旅。落魄。
有血色的脸面，变得焦黄
中枢神经，无力伸展

车从深巷里微颤着辗出
做梦的还在灵魂祈祷
演戏的还在加紧排练

打更的人，也早累了

一身的劲，化作悲鸣的秋风

2010 年 10 月 10 日

第七辑

过往

# 九江地震

如老虎一样咆哮奔突

明亮的太阳瞬间敛起笑容

把我丢在柔软的床上晃悠

如果不是女儿尖叫着地震

我的梦也许还会辽远，神秘而奇丽

女儿惊吓的眼神，像一道黑色电流

时光凝固，心血奔涌

唯一的唯一

地老虎，你不要惊吓我们！


这一刻

有人感到世界摇晃

有人悲叹生命脆弱

正在外面买早餐的妻子

她发疯地按着门铃，一遍一遍哆嗦着喊"地震了"

我弹起身，把女儿紧紧搂在怀里

房屋剧烈摇晃，心念妻女以及乡村的母亲

……

停止了，终于停止了。洗衣机脱水般轰鸣。

苍天有眼，人性有灵，大地有情

眼前开满一片紫色的祥云

心里奔涌一股幸福的泉流


坐在沙发上，我点燃香烟

我甚至唱起了歌

满地的玻璃碎片，有如晶莹的泪花

摔在地板上的挂钟，开花的脸，脚步还是那样稳健

它让我记住了这个特定的历史时刻

公元 2005 年 11 月 26 日上午 8 点 50 分


女儿猫一样地出了门

我的心跟着她一起下楼

第一时间给母亲打电话，我只想听到她的声音

然后穿衣，洗漱，打领带，收拾文稿，

喝牛奶，系鞋带，一身轻松地下楼


楼下草坪上，早已一片沸腾，开锅的水，颤抖的空气

我看到几个光着膀子的人，搂着树干，大口喘息

谁去留意玩具一般的手机，甲虫一样的车辆

现在是一个家庭，不要吝啬，不用客套，更不需排挤

让我们把老人，把孩子，把妇女送回家里

让我们把胜利，把喜庆，把欢乐带给世界

……


虎啸而去 余波犹在

比如不下三百次的余震

比如新闻媒体竞相报道

比如地震当天晚上全城市民在公园，

在湖边，在广场席地过夜

比如某国家领导人赶赴灾区一线指挥抗震救灾

比如各地亲朋好友的来电问候

比如我最想写一篇关于这次地震的日记
比如与各路朋友相会在茶楼切切惜福……

今天早晨，我带着女儿路过三中门口
高臂的掘土机还在威武取土，开沟凿河
钢筋城市一次次遭受强悍冲击
大地发出阵阵低吟
女儿问我地震是不是人用铁锤敲打出来的吼声？！
木然的我，真的无言以对
只希望未来，人的身体长成金属材质……

2005 年 11 月 28 日

# 休 战

子夜时分
黑暗中一只饿得发疯的蚊子
自熄灯那一刻
张开欲望
在我的手臂 大腿 脸上忙个不停

不知这夜有多长
不知这蚊子努力了几回
不知被我无情扇跑了多少次
也不知我被它巡视了多少回
夜色 掩体
蚊子一次次狂轰滥炸
发出战争迷狂的尖叫

无尽的夜色里
和平与战争对峙 相持

一次次较劲后
蚊子累得一动不动
我顺势拧开电灯
点燃一根烟，找寻阴谋者的行踪
警觉的蚊子
只以为我在算计它
无声地逃出窗外……

黎明时分

我隐约听到早朝的梵音

突发一种无从言说的爱怜

轻轻上床

重新摆好睡姿

再给蚊儿一次偷吻的机会


2005 年 6 月 13 日于南昌滨江宾馆

# 奇 遇

他只想做一只越狱的飞鸟
拼死逃回草野青青的旧林
隐姓埋名，餐风饮露

眼前一片群山起伏
山顶的白云卧着一动不动
岁月静好的童话故事老掉了牙
抬腿挥臂，咬着牙根
一路狂奔

累得实在动弹不了
就在地上爬行……
荒漠里，突现一群野人
奇怪，野人看到他似乎并不陌生
把他带进一片深山老林

在那个未知世界
双脚一旦离开了坑洼
吸水的脑瓜里
就长出一些自由得近于疯狂的意志

他不知
会不会与荒野同化
倒真的想和虫草共栖一段时光
看看野物究竟是神是兽

2005 年 5 月 28 日

# 点亮的记忆

亲近那山那水

想象田园 清风如许

掘一眼深深的井

把所有厌倦深埋

等盼岁月转季

啜饮一壶煮沸的云水

点亮回乡的记忆


在一路激荡的思绪中

期盼一盏照亮寒夜的灯

与心神不离不弃

辉光里波浪簇拥，涟漪阵阵

起伏不定的岁月涂鸦

某个细节触碰出大美无言


燃烧

来自我们目光交汇的刹那

电光石火般放射和回应


2005 年 3 月 22 日

# 火车站夜宵广场

夏日黄昏
夕阳花盛情开放
月色融融，意气扬扬
一盘螺蛳，一桶生啤
外加一串诗话

小提琴拉开《今夜星光灿烂》的夜幕
握着一把玫瑰花的小姑娘摇着亮光
把鲜艳的祝福送给在座的小帅哥
爱，使我想起在黑夜中激情飞驰的列车
奔赴前方一个个等候的站台
悲欢离合交错发生

在这个被霓虹忽略的时空
几许素心相依相悦
是谁把一枚熟睡的苹果唤醒
琥珀的流光
陪伴着你我从野菜中嚼出甘甜的回味

直到每个人都想起自由的高贵
直到一种感觉使我们踏着歌声而归
陶然沉醉……

2004 年 6 月 13 日

第七辑　过往

143

# 遗 忘

可以不用举杯，表示一种仪式结束

可以不用献花，表达一份光鲜情谊

风中，你的青丝被茅草收买

我，用遗忘，把往事拒绝

雾里，你的目光被泪渍模糊

我，用自诩，让记忆风干


一切存在无非是有形的过程

生命的花树繁衍成林

凋零是必然的结果

成长的胎记寄寓荣枯


不必大声宣扬：你离边缘更远

无须寄情梅雨：路比思念更长

遗忘是你，迷失的选择

遗忘是我，铭记的永恒

2005 年 11 月 7 日

# 尘封记忆

生日渐行渐远

泅潮漫堤奔涌

轻盈的云朵放飞自由

失散的鸟儿恋着归巢


千年放马场

魔幻风筝展开翅膀

古调琴弦拨出几声清亮

迟暮的炊烟飘舞袅袅


季节错乱

明净的乡愁被失神的目光卷走

岁月超重 生命失重

哪一扇门，被你熟悉的错过？

隔屏呼喊：我不是我，你也不是你！

感性的时钟缓缓发出回应

——一切从现在开始

只用加减 不做乘除


你好似刚醒

嘴角还挂着麦片的芬芳

在梦之故乡

你播下怎样的果因

又将酿下怎样的花蜜

行囊太重，似背负一辈子辛劳

期遇苦涩，涩得无法辨识生活本真

抖开尘封往事

你明亮的笑容早已不再

在每一个或深或浅的夜晚

木然的我凝结成霜

2004 年 5 月 25 日

# 与七月有关

抖开七月
挥舞古色古香的水袖
喉管干渴
吐散漫天的故土烟尘

一杯可口的奶汁
还有一丛消暑的花黄
阳光在田野里寂寞打坐
新叶似的月儿出了浅港!

空旷的路口,形似阻塞
从未如此深刻悲伤
惊慌失措的一匹老马
践踏着老街修复翻新的年月

走过七月
菊花淡淡开放
独角戏从容收场
城际火车没有节奏地漫游
客船空舱
谁在用心挽留水面那一对茕茕倒影

重温七月
排山倒海的风雨雷鸣

激情的花朵渐次被风雨淹没

落单的彩凤

从惊悸中猛然醒来

2007 年 6 月 5 日

# 往 事

时光抛进水里
往事就不至结冰
妩媚的水草，打着谜语
风儿来回奔跑
远方是海，远方是激流漩涡？

与静默相拥
与流云对视
许我一个心愿
伴我一世守望
守望这永不平息的水面
守望那永不老损的冬阳

风，坐在水车上，轻轻舞着腰肢
无边的水面，被寂寞划破片片伤痕……

风儿，风儿，丢掉幌子
该歇息了

2008 年 1 月 6 日

# 北海之夜

今夜无霜，北海
一声蛙语几丝虫鸣
月影步步追随
我还没有准备好歌唱
多情的火种
任其自生自灭

今夜无语，北海
分别不用相送
清风独吟夜宴
波逐微澜　云随心念
一段苦旅释怀驿站
一钩新月虚拟画眉

今夜无恙，北海
朦胧太近　银河太远
华灯渐次熄灭
流星误入莲房
试问庐云鹤影
时空何以流转

2023 年 4 月 26 日夜于庐山北海

# 雪夜情思

一颗松子随意落在窗台上
把我从蒙胧中唤醒

窗外
鹅毛一般的琼花纷扬
急切期盼
一列从南方开来的花车

物赠有主的红豆
植入春天腹腔
一丝晶莹的芽儿开出饱满神采
与亮彩文字叨叨叙叙

站台。明月。枕涛入眠
是我与生俱来的宿遇
剥去沉重铠甲
许一朵微云在胸口流澜
贪睡不足的二月
融入片片摇坠的彤云

2005 年 2 月 11 日

第七辑　过往

151

第八辑

# 跳舞的头颅

身首各异
荒野上，头颅跳起天书般的舞蹈
傲岸 舒啸
与群山齐眉
邀松涛和鸣

断了血链的头颅
了无拷问
一样找人相伴 前行
有人把他认作鬼怪
有人与其一起唱歌 跳舞

重温《山海经》，作揖法场
四处打听身子的去向
有说，看见屠夫神秘的笑容
有说，女疯子紧紧关上房门
有说，早晨被一把野火化了
请来月神一起寻找
风从九天下来
把一颗自由的种子交给泥土

或者是再生的种子
或者是转世的种子
因果不停使唤着眼睛

头颅懒得聆听教诲
离经叛道一路穿行

大梦一场，抑或荒诞变形
不知月至西天
看到那扇透着微曦的窗口
忽梦一世，无与媲美的葬礼
头颅，披着奇彩从圣坛走下
不用神祇加持

像一股任性的气流
用不断的聚散诠释身首分离
跳舞的头颅
试图骑行残存荣光
抵达那一片繁星闪烁的天河

2006 年 4 月 13 日

# 致陌路者书

橄榄树轰然倒下

裸露的根系形似獠牙

怀念枯竭的日子

与无聊握手

看漫天雪花

飘摇陌生的意志

听风雷吼叫

撕开傲慢的灵魂


你的确需要一些手段

需要一些夸张或者掩饰

譬如说

看见乌鸦

就说看见了帽子

走进殡仪馆

就说走进了神圣殿堂


既然已为陌路

请你把我删除

任由把我羞辱

甚至把我活埋

掩埋真相之后

你不要忘了给自己

预留一眼黑色的坟穴

2005 年 3 月 30 日

# 求 证

曾是那样色彩浪漫
溪水在心底穿过
鸟儿在眉梢欢鸣
总想找个山头，停下
把苦难翻出来晾晒
把期许装进一个果盘

走进一片陌生的林子
遇上一群形神怪异的人
说白话，说梦话，说怪诞的话
说不三不四的话，说与我无关的话
感觉，失去敏锐，找不到感应
温热的心，形同冰冻馒头

想起冰川遗迹，想起草原牧歌
想起石头城，想起风波亭
我突然想哭，大喊一声
大海，为什么看不到你的海岸线
却只看到你，无语的波起云涌！
……

此刻，美丽花开
我站在云霞背影里
看麦浪微笑，听清风快意

自然抵达——
求证朴素的亲近
感恩麦浪　感恩清风
让我留在永恒的童话世界

2006 年 5 月 13 日

# 自评报告

这半动不动的机床
早晚将被淘汰
与其存储一堆废铁
不如多打些折扣，作价赎了

肌肤还不乏敏感
可以陪青霉素兄弟练习练习
门庭不全是杂乱
总还可以放点活计
耳朵也没有全部失聪
与探监人看看风也顶上一个
脏器虽不够发达
悲欣时日也开出几朵样式的花

骨子里钙分尚存，曲直有度
合着 CPU 奔腾的节拍
当众舞出文明的样式

当卖或是赎身
一切权为买卖那回事
信誉 名分 归属

自评报告，算了罢

留给嚼舌的人做佐料


2007 年 3 月 14 日夜深于家中

# 疑 惑

一朵花，正偷偷打开
一根线，正无形拉紧
谁笑着，以幸福的定义，坐在岸边怀想
谁愣着，以迟疑的目光，不着边际思量

如神探一样的电光
一不小心袭击了心房
时针，你太累了，何不停停脚步
让我轻轻快快地同行

不知怎么向你告白
荷塘，我的等待，储蓄着生命的芬芳
不知怎么向你低头
天路，我的远方，或将是荆棘丛生

2006 年 5 月 15 日

# 除夕有感

会拥山川晴岚

乐陶欢声笑语

守候着此起彼伏的爆竹声

徜徉在密不透风的信息雨林


屋顶上的雪白

被这除夕的温情点点融化

氤氲余饶

把年味阵阵播洒

透过飘逸的烟云，遥望远方

嫩绿的春天田田走来


在这风雪年关

有人还在路上

有人还在期盼

悲情与感动

祝词和寄语

在千家万户荡漾开来


打开电视

来自抗击雪灾的热点报道

绿色的飘带，情暖贵阳

电力突击队，光明郴州

民航展开了翅翼

像一只只青鸟

掠过期盼，抵达等待

向城市与乡村报告孩子们平安归来


此刻，雪后放晴

电波当空，信息赛跑

天南海北，播放着春天的序曲

山川河流，回应着破冰的潮声

母亲为你抖落满身的雪花

父亲为你煮好了香甜的米酒

拥抱亲情

释怀孤旅

袅袅炊烟

织出一道欢乐除夕的岁月图景


2008 年 2 月 6 日

# 一桌饭的印象

进来的一个个微笑
故意把姿态放低
饭厅柔美的灯静若处子
把劳顿了一天的疲惫抛开

有为官的，言商的，作文的，称自由职业的
此刻，大家彼此兄弟姐妹相称
采摘一些闲情市井的话题

有喝白酒，啤酒，奶汁的，有要了茶水的
各种味道相互传递和碰撞
真切地打动，倡议后坐下干杯

菜肴一道道上来
筷子忙得弯腰，汤匙也不再羞涩
没有谁大声叫卖
把自己几斤几两称给别人
那位被称作老板的手机响了几声
他没接到电话直骂对方毛病
先前的斯文不在
涌起的泡沫，涂鸦夜色
泡沫消失的时候，血红的餐巾犹如一片残花
田鸡肉质鲜美，使我想起稀薄的田野
举杯的勇气，一再退却

我独坐一隅，埋头吃饭
听玲珑的杯子比赛煽情

2005 年 5 月 10 日

# 行将远去的人和事

如今，谁还缺碘

见了大脖子才真怪呢

维生素 C 变了形态

能见度一再模糊，情景难辨，炊烟零落

强打精神的目光，找不到青春密码

被沧桑重复浸泡的脸，虚张着岁月行程

哦，地老天荒

火柴一根接一根潮湿

温度计懒得出奇，趴在门后一动不动


一个急刹。信号中断

满心的乌云

片片纷争，挤满额头


可以尽情去想，亲爱的

也可以让淡淡的菊花盈袖

黑绿色文字时不时变换表情

沉默偶尔客串

时光的刀口孤零零冷飕飕

雪去无痕

二月兀自失声，柳芽儿！


太阳把天衣解开

任悲切往事割裂地脉

冷涩的矿泉漫流无声

远山默默举行葬礼

天高，尽其再高

地远，莫说天涯

添酒回灯，泪眼星光

你也启程，他也远走

时光空档，镜头变虚

一曲唢呐吹得饱满诱人

只为行将远去的人和事

2006 年 12 月 13 日

# 烽火万家岭

一丘之地
谁将民族大义留在这里
谁的名字刻在历史丰碑
一棵青松
不畏风雨而高大挺拔
不屈的灵魂在震天炮火中洗礼

万家岭
冲天的火光，红遍天幕云霞
麒麟峰
惊世的雷鸣，唤醒了沉睡大地
十三个昼夜的枪林弹雨，血雨腥风
上万个爱国将士的胸膛，狮吼马鸣
驱倭的烽火在这里熊熊燃烧
英雄的葬礼在这里默默举行

胜利者稳稳站立山头
虎虎生威，笑傲如虹
毒气，没有退却雄师
嚣张，终以万具白骨祭祀太阳旗
羞耻，让惶恐的飞机大炮抬不起头
惊惶，狰狞的鬼子龟缩着头

沐浴着光芒

万家岭烽火不熄

挽洪都于垂危

解江汉之困苦

一场大捷

树立人间正道

惊泣苍生鬼神

2006 年 9 月 8 日

# 问 天

一朵血色玫瑰

在不可控的剧本杀中独自哭泣

残阳低回 箫笛冷涩

寻不到一丝慰人风景

冰花的歌声在寒风中消散

沉郁 空芜 寂寞


岁月无痕，一切淡淡地来去

执着追寻，每一个花开花落的日子

诗行中一腔寒彻，是我远古的幽思

跌落在草丛里的星石

也曾横空出世

问天？！

什么是初始？什么是终极？


美丽的文字修饰

精彩的细枝末节

在千里冰封的此际

也难以真切而完整抒写

一个失去灵魂的人

抛弃守望的故事

在漂泊中一点一点被蚕食


在此万物萧条时节

心网结着冰凌，往事日益苍白

终成大错！

竟分不清黑与白，进和出，真和假

原本清香的墨砚

因一种需要而失去亮泽

因一次掠夺而变得腐臭

一双茧手，昼夜缝补着太阳

一双玉手，精心编织着谎言

欲望歌声大奖赛开始了

问天？！

都请了谁做评委？


煮一壶

沉浸着百年孤独　千年沧桑

透亮着春秋古风　唐宋辞章

流淌着郊原泪血　滴滴相思的御酒

与炉火对吟，使雪花把盏，唤寒风护帐

试问头顶一片青云：

昨天，你从哪里出岫？

今日，你又将飘向何方？


雪花飞过，群雁竞歌

大地正透出一丝微亮

高高的山，雄阔的海

浮现出清晰的轮廓

江河湖泊的水声也透着几分激情

经过一番洗礼

淳朴，艰难地苏醒过来
郊外，麦苗的脸努力露出来
问天？！
可不可以脱下沉重的衣衫
回归追风少年的我？

一个巨大的声音回荡
你从哪里来
就回到哪里去吧！

2001 年 12 月 20 日

# 听 风

风儿像花瓣一样
一片，又一片，一片片
衷情而百千娇媚
我知道
她是有心，要偷去我的睡眠
白描的文字，随意飘谢
努力完成无趣的守望

滚烫的茶水
听风呼唤
真的不忍一口喝干回忆
血液不至于决堤，把疼痛淹没
幽微的苦涩里
我听到风声，解意自嘲

风感茶情
茶淡风生
仲夏夜，或远或近，亦重亦轻的脚步
是谁借着风的翅膀
把我的痴念带走

2006 年 6 月 25 日深夜于家中

第九辑

# 小河彼岸

悠扬的胡琴点亮夜色
欢情的彩蝶扑面而来
飞进眼帘 落在心间
信鸽在无边的原野振翅

心旌徐徐
眼流频频
在环城路某个道口交汇
如同星辉月明彼此呼应
浪漫艺术的情愫
在犹疑与珍存之间
手机短信把屏幕击穿

深沉的秋夜
荷风捧着月光云彩
星光沐浴在银河港湾
密织往事的披肩长发
在艾香的小河里散开梳洗

走过尘埃落定的街头
烟霞雾霭追随着华灯
流水乐声把谁的心思温暖
羞怯的圣意在云梦里徜徉

如果 我是一拎诗意

请在弓弦里把我收藏

我注定只能站在你永远的彼岸

落霞纷纷 人世茫茫

凹凸不平的记事本上

季节忽明忽暗

期许时空倒流

岁月的繁花开遍小河两岸

2005 年 10 月 16 日

# 黄昏听雨

一束花影

照亮模糊的黄昏

雨声淅淅沥沥

共情的温暖融化了岁月冰霜

生命是这般美妙

灵魂不倒！耸立起信仰的高度


许一个愿景

不再孤单和凋零

道一声祝福

云彩奇迹般环绕

那是一个青春回流的世界

那是一次淬火重生的假设


秋雨，与谁？

一醉方休

黄昏 约定

再续一段春花烂漫的前缘


2014 年 11 月 7 日于家中

# 远方，云与河流

你轻轻来到这落花时节
寻觅一条与梦相依的河流
甘棠湖边，你的笑靥如霞光灿烂，如水花飘洒
思量的眼里，深秋不是孤寂，不是凋零，是夏日骄阳
一寸一寸，顺着隆起的鼻梁
记忆，编织青春霓裳

生来忧郁的根系，在心底盘踞
从小就想走上戏台，与清愁和悲欢为伴
红楼遗梦，几曾惊鸿回首
孤瘦的时光，饱满的期许
茫茫浑浑，熙熙攘攘，谁是
如水一般柔情，如云一般浪漫的知己？
熟悉的越剧声声，迷幻的气息扑面而来，冰破云开
爱和痛把你牵引，如青鸟般展翅
一起奔向远方的河流……

钟期既遇，流水唱着高山
谁人遗失苦涩的长夜
谁人把一朵出岫的青云放飞在我起伏的胸口
火焰升腾，发烫的目光，伟岸穿行
翻过一个又一个
葱翠的山头

上演风华的女子

你再也走不回昨天的梦境

我却怀着激动和憧憬

端详花果飘香的明天

平淡的日子被思念染绿，被风帆层层叠起

向忘忧草青青的远方漂流，喊声淹没

远方，有一条永远年轻而古老的河流

绿柳扶风，红杏闹春，锦绣如织

那是蓄满生命热情的河流！

2007 年 12 月 21 日

# 风景线

往事如风
掠过思绪的原野
掠过奔跑的火车

我的眼神
你的眼波
在某个季节交汇
期许多姿多彩的生命
终其一生把默许的念想寄存
微笑与凝眸之间
波澜起伏风景摇曳

夜幕深沉
荷风捧起情窦初开的云彩
星光枕着银河的梦
你那盘结着往事的长发
散开在星河里梳洗

惜别的站台空空荡荡
枯萎的气息如影随行
目光升起洁白的云帆
羞怯的音符在丛林里躲闪

你 云游无定

我　注定站在永远的彼岸

花谢花开　岁月流长

凹凸不平的记事本上

疯长的记忆滋养五月蒿草

起伏摇曳之间

些许精彩沉入梦乡

2004 年 5 月 28 日

# 愿 景

愿，每一声鱼虫呼吸

你都能听见

愿，每一滴水化作阳光

与你的灵魂伴唱

愿，每一个深沉的夜晚

都有一颗闪亮的星星与你相伴

愿，我用霞光涂鸦的每一个文字

记录你可爱的美丽与清愁

遥寄草色青青的牧场

2007 年 12 月 29 日

# 流 霞

初春的一朵花枝
晶莹的露珠
抒写满天流霞
晨光中，缪斯的笑容碧波荡漾

走过残冬
断桥　流水
一去不复
爱，在思乡中漂泊
恨，在冷月里凝霜
告白声时远时近
有如羞怯的小鸟学唱

长长的站台
貌似遥遥无期地等待
桃符的祝福里
涨潮的心语中
栀子花开过四月藩篱
排比句吟哦出初春光芒

面对云彩许下愿景
我的目光是一道永不褪色的风景
你甜美而矜持的笑靥
盖上远山的一枚邮戳

寄寓山高水长

会有一种结局
埋葬肤浅的约定
会有一份期许
在岁月的深处迷恋红尘

2003 年 9 月 1 日

# 云　锦

爱情
是一朵飘荡的云
只要她在你的身边
停留　就那么一瞬
微笑着对你喊一声：亲爱的！
然后，她又飘向另一个
不知所之的山峦

即使飘走
她也是你明净心灵中
一席精神圣地
一次美丽神仪

2005 年 11 月 4 日

# 一米阳光

阳光照进窗口
掬着初冬的气息
远而近展开烘干的往事
时空流转，又似静止

云雾缥缈的昨天
垂柳舒展妙曼的身姿
阳光开遍的窗台
一只风铃音色全开
花语不胜掩藏
浓浓的彩笔蠢蠢欲动
长夜寻惆觅恨
遥远的星河笑语悠悠

华光溢彩的罗兰
带来一掬雅赏和欢欣
精致玲珑的女儿红
品吟一醉方休
青鸟栖息的眼眉
一汪碧水凝成烟霭

阳光开遍的窗口
时光一分一秒浓缩
祝词一字一句拉伸

止不住热切

抵不住潮涌

徜徉在多梦季节

奇思异想渐次打开

2005 年 11 月 23 日

# 解 读

爱是期待的鱼汛
爱是荡腾的火焰

爱是心志同行
爱是金石守望

爱是窗前波心明月
爱是梦里温情水乡

约你，阳光照亮眼睛
等你，紫罗兰插满心房
盼你，水车在梦里流转不息
读你，寂寞在鱼虫的呼吸里洄游

爱是无言的期许
爱是无兆的电光
爱是纷雨扬扬
爱是秋歌频频

世上最长是爱
世上最惑是爱
一切一切，从爱开始生长
所有所有，随风来去不定

爱是天日下最灿烂的孤独

爱是深夜里最动情的花开！

2006 年 10 月 23 日夜深

# 雪 韵

雪的优雅，花的浪漫
被雪花掩埋的遗爱
未必都是艺术造设

不要说，你想用心挽留
雪花成泥，丽日彩虹
不要，为神秘无谓颂歌
虚幻之存在
往往掩盖热爱的真实

一切，有其行踪和背景
一切，有其定数和机缘

让眼前的绒花飞扬
莫叫它在彻骨的记忆中化散
让心中的河流涌动起来
仰望青山
雪过无痕

2008 年 1 月 21 日

# 片 拾

心灵发出的电波
呼应天边归鸿
金石如磐

岁月永远不会枯萎
笔墨不会变形走偏

电脑生成的爱　琦丽
文字表述的爱　甜美
心底珍藏的爱　厚实

当一场约会在天池等你
当你试图把心插上云的翅膀
告诉你
爱情没有量身定制
流水只有远去的背影

2006 年 8 月 21 日

# 那一抹茉莉花香

似一朵云彩
又像一拎芬芳
似曾熟悉又似曾淡忘
记忆点燃的风景
谁也没有理由错过

似一股春风
又恰似一潭清泉
音乐在花语里盛开
月亮在往事中圆润
茉莉花香娇羞明艳

最是一身清香
更是千枝万朵
岁月在流光里老去
誓言在磨砺中铿锵
花房是梦延伸的方向……

2014 年 11 月 24 日晚

第十辑

期

会

# 春之歌

温情的河柳丝丝入梦
看，阳光健美的舞步
听，和风动人的旋律

大地敞开胸襟
万物被几声春雷唤醒
映入眼帘——
晴岚的天空
花柳的河岸
大门开启
风帆升起

布谷鸟就要回来了
大地换上绿的衣裳
孕育的故事正在发芽
让我们满怀一腔欣喜
迈开坚实步伐
摇响沉睡风铃
解开启航绳索
组成一支耕耘的队伍
朝着远方海岛的方向

颂唱春之歌

挽起春之手

赏春之丰韵

让我们挎起诗词编织的篮子

一起采春去！

2016 年 2 月 14 日

# 春天，一起出发

## 一

笑容明亮　舞姿飞扬

还有生机勃发的苔藓　蕨族

行着贡礼款款到来

多想触摸月之脸庞　海之呼吸


冰河在市井流淌声中解冻

农历乡村，不再躲藏

只说时间脆弱

人生反复无常

无怨流落他乡

拾得春天销魂花骨


## 二

世道有轮回

世人，只顾忙着变道，忙着收购，忙着装饰

世俗，忙着层出不穷的翻新

温情邀请容颜

霓虹诵读经典

恩谢葱翠嫩绿的阳光

结满一树茶语记忆

青春过往，皆成序章
语言无需色彩
野花无须灿烂
审视青花故里，拍击沧海横流
积蓄的温暖，一点一滴
飘洒万里河山……
活的太阳　神的月亮　花的河流
构成一个完整的春天图章！

三

流行的鸟声，联袂春日歌唱
高耸的云架，形似春天骨骼
花草喧闹，灯火璀璨
席梦思睁开惺忪的眼睛
欢乐谷掀开青涩的门帘
撒满一地月影
春天跳跃繁华的乐章！

春望者，无需矜持姿态
春梦者，无需打好腹稿
心湖，美雅得藐视夸张
眼眸，光洁得不施眉笔
信念，让梦寐的花枝伸展
自由，让失群的鸟儿安栖

家园，血脉故土
春雷，带着苏醒的迹象
步履文明，如期抵达
炊烟缕缕升起
山坡上的草儿该绿了
麦子的歌唱开始了
来吧，拓荒者，卸去沉重武装
蓄满浩然神思，一起出发！
把苍凉写出觉醒一页
把无限征程留给未来


四


告别，走向期盼的开始
迟来，同样会是一种相约
这是一个历经磨砺更加坚定的等待
这是一份澄澈心智光耀寰宇的宣言
洪钟奏鸣，云开雾散，星月缤纷
春天，在雷霆万钧的壮丽中启程
回到我们久久等盼的草场
回到升起的篝火之中


迎接灯火
拥抱大地
让信仰更有血色

让生命更有定性

期许，发现，伫立，仰望……

春天，我们一起出发！

2011 年 1 月 26 日

# 明天怎样到来

月光沉入荒丘

梦境，总是那样深远

激荡的潮情

把我引向一扇花色的窗

拨开窗叶

却怎么也看不清看不透

隐秘在潮汐生活中的背影


手机还剩一格电

声音依旧那样平缓

都是老伙计了

大家彼此敞开胸怀

或者是一桩心事

或者是一个八卦

当然，也许是条嘚瑟的消息

回眸韶光灿放

期约海天之旅


岁月从胡茬里努力挤出来

疯长的幻想一发而不可收

多匀些情商给我就好

我也可以呼风唤雨般

人前显尊，给面前桌椅立下规矩

见笑了，多愁诗人

窗口的灯光开始发青

星星小姐连说了几遍打烊

静静守候

寂寞的烟雾伴着沙漏一起消残

孤独醒　露无言　灯无语

明天又将——

怎样到来？

2006 年 5 月 7 日

# 神 仪

一缕情思

引发内河暗涌

河的两岸，灯影一闪，一闪……

射出波之光

织出梦之谣


年轻且发黄的岁月

被并蒂芬芳复活成传颂诗经

华丽照水的容颜

被心动神驰刻录成不败风景


赠一轮时空与我

惜一世尘缘与你

让温情的天真伴随大地

把撒欢的幸福交给牛羊

愿这静深的水流，奔腾，歌唱，不息

穿越夜廊，乘上光速

朝向

风云不落的殿堂


2011 年 5 月 29 日于鲁院

# 幻 觉

有草泛绿了

有草枯黄了

一样阳光鲜艳的日子

有人轻快着行

有人忧伤地过

风从水面穿过

幻觉比影子真切


有灯情绪透亮

有灯恹恹欲睡

有人醉成一根芦苇

有人空留一张虎皮

霓虹渐次绽放

代驾者彻夜未眠


2006 年 12 月 19 日

# 谷雨诗会

田野的花，醒得最早
布谷鸟喊得最欢
一路上，谁在动情歌唱
舟车相揖　群芳争春

看你霞光般的脸，《满庭芳》熠熠生辉
看你灼热的目光，《渔家傲》楚楚动人
遒劲的脚步，挥舞诗的节拍
惊艳的想象，飞向诗的王国

明天　或许千山万水
相册传递　谷雨诗韵
涨潮的心追寻高原　彼岸
青春之歌陪伴生命之旅

挽起绿色云裳
升起灿烂心帆
期候那群灰白色鸟儿飞来
钟情的缪斯　高高
站在我们头顶

2005 年 4 月 20 日于萍乡蓝波湾宾馆

# 谷雨前夜

如梦似幻的夜
把我丢进开向四月的火车

掠过一段荒原
凝视一支吹老岁月的长笛
惊艳于一场绿油油的春雨
别离，酿成一枚又甜又酸的山楂
雾气漫向黎明
夜不能寐
试图用回味打开某个情节
任故事点滴流淌

今夜，为你放歌
今夜，为你漂流
期许的明天是否回放
手上握着的余温
额上刻写的热忱

谷雨前夜　归去来兮
此刻，田野青青，河水淙淙
在缪斯来临之前
赶紧开启思绪的动车

2005 年 4 月 19 日夜于火车上

# 电　花

夜曲舒缓

桔灯昏沉欲睡

一弯琴枕，泛舟清流

浅甜的冰沙奶汁被谁小口啜饮

明亮的十九棵萱草，织成今夜

淡雅风景


等待燃烧

快意在云顶萦绕

山峦上，电花闪耀

葡萄树围成的阵脚

狼和羊呼唤着柔情蜜意


初夏时节

许是仙女下了凡尘

给我一片澄明

给你一段遐想

驻守一再退却的青春


湖水静穆

月光迟疑

风铃传递远方的马蹄
电花忽闪 波涛起伏
一声鹿鸡划破长空

2007 年 5 月 2 日

# 同心梦圆

同饮一壶杨柳湖春
留下一席不可复制的家常
你的目光春风和煦
与这个季节一起升温
花开花落　两岸同春

我没有经妙的文字献给你们
有的只是一把赞誉的骨头　以及
这些骨头里，种植的华夏炎黄
变幻风云，美丽宝岛
你的愿景何其美好
我的等盼何其漫长
岁月容颜，如流星般划过我生命的原野
时代彩虹，闪亮在地球村每一角落
今晚　是告别还是重逢？
是漂泊还是梦圆？

一片水域，把骨肉分离
一盏明灯，把归程照亮
一朵祥云，把亲情传递
千里明月　满天星光
照亮你我黄色的皮肤

不说天涯，也不说游子

不说沧海桑田，也不说云雾缥缈

让我们都信奉一个"义"字

让我们重温一个"根"字

举杯邀约

共享一轮圆月清辉


2006 年 3 月 19 日晚欣闻台湾友人回乡踏春之际有感

# 刷新岁月

青草幽香的日子
归去来兮
奔涌的潮水，决了河堤
祈祷的歌声，经久回放
闪亮的你，此刻
以一棵花树的不遗余力
拒绝腐败和凋零

岁月无声
我想说点什么
说你，昨天，星光迷失的心事
说你，今天，挥动阳光的翅膀
说你，明天，履新岁月的容颜
一种思绪
在千回百转中
在晓风遮掩里
无由占据紫色心房
神韵开遍舟楫纵横的港湾

守候的日子
想起写点什么
欢眉，如山歌一样悠扬
忧伤，如晨雾一样清凉
期盼，如藤蔓一样绵延

一个声音

在蓄势待发的奔涌岁月

在寂寞广袤的泥土深处

熟悉穿过你温情的胸膛

默默伴送你渐行渐远的步伐


我，不是花，我没有花的姿态

我，不是树，我没有树的挺拔

我，更不是山，我没有山的伟岸

我只是你，平淡的日子

偶尔打开的一本书

我只是你，奔跑的日子

偶尔打量的一片云

我只是你，造设的日子

偶尔吟哦两声的诗篇


有祈祷，就有悲伤

有梦想，就有遗忘

亲爱的，请接受我

用蛙鼓虫鸣为你送去的殷殷祝福——

把快乐藏进生命首日封

把希望种在无边的黑夜


2006 年 1 月 2 日

# 风自南来

一千公里
随性相约　线性直达
和风依旧。不曾理会花草缤纷　云景流岚
菊影依稀的田园
杯盏不必矜持

盛年不再。春华如初。
诗兴之于念想，因风而起
亦如生命之河流
扬波抑或平静
此际，我在浔阳江畔
深情吟咏——
君自南来，寂寞花开

一千公里
数不清的驿站　过往
其实，彼此读懂脚步
距离又有什么意义！
它不过是迟早相逢而又匆匆惜别的修辞

信念丈量岁月沟壑
精神注入寂寞深处
轻声呼唤　那些
疼痛的脚步

枯萎的纤绳

因为淤塞，河床日益变窄

因你　由来的一丝帆影

春天的大门一直向田园敞开


耳畔传来一声轰鸣

一千公里

思想的动车或许即将停靠

忘却夜色茫茫

跟着诗心流放

任由诗魂洄游……


2021 年 9 月 4 日

# 幸福的回眸

世界在奔跑
克拉拉的眼睛河流迅猛涨潮
火车如同闪电
可是那称作销魂的电流
把幸福引领？

飞奔。撞击。落花。
摇曳的夜色多么妖娆
我驿动的心也带着上路
向一片没有边际的热带雨林
向一座永不枯败的玫瑰花园
向一道青云也曾经在此飞起的山崖

在这无边的夜幕
玫瑰色的灯一盏盏点亮
渐行渐远的火车
你可会在夏去秋来的原野
再做一瞬幸福停留
亦如这荡腾的电花
催开生命伟丽的想象
哪怕，只有一声

轻轻的叹息

就算，只有一次

绝情的回眸！

2008 年 1 月 9 日凌晨

观看法国电影《克拉拉和我》有感

第十一辑

流

年

# 秋 歌

寂寞临风
爱被乌云啄伤
我有理由相信
生长之于凋零
文字之于荒丘

眼里填满阳光的慈祥
我想把这缕慈祥
绣进一条永远不会枯干的毛巾
抚平母亲额头的皱纹
为女儿擦亮一望无垠的童真
扑灭秋风里熊熊燃起的烈焰

当缘生缘灭
祈求青山赐我一钵圣土
穿越风尘的歌
晾在岁月绳索上
让过往之人真切聆听

长风 秋歌
烟尘 奢求

唯愿，无垠星空

被沧桑风干的记忆

伴随一双疲倦的鸟翅

在长空迴游

2007 年 8 月 12 日于甘棠公园

# 流 放

天，闭了云屏
地，关了隘口
徜徉在自由一隅
想去哪就去吧

呀！
白茫茫一片海水
风 阵阵
涛 声声
心 切切

可有那么一座岛屿
永远矗立在黑夜通向黎明的前方
泛着金光的波浪，为它
永无休止地诗唱

在无限辽阔之上
有天之神目
在无尽起伏之中
有地之凡心
深深 浅浅

远远 近近
直到无限海岛变成一个原点
直到怦怦心跳成为此刻唯一的奏鸣

2007 年 11 月 26 日

# 本命年

不再怨尤，流言比风还轻
也不再恓惶，经历了就毋须怕
本命之年，任由他人去定义

不必躲闪，黑夜终究过去
不再祈祷什么，太阳依旧升起降落
不用计算，加减乘除为零

心灵，得以安睡
岁月，任尔轮回
种下一串祝福吧
在聚散的每一个路口

2014 年 11 月 18 日

# 休止符

长长的休止符
让伊人心神不定
秋霜把花径严实包裹
悲欢织成素衣
连同这皓白的月光
一起为这个季节默哀
安息吧，《天鹅湖》
七弦琴不再吟哦

理性至上的人
请原谅那些多情的软弱
自诩的诗人
属于你翩跹流连的时代已成过往
去吧，远离这机关重重的城堡
若你当真不舍离去
请用虚拟的文字
编造一个得体借口
拒绝贵丽浮华的邀约

2005 年 11 月 3 日

# 至　暗

今夜，星辰也将暗淡
在银河里懵懵懂懂
今夜，轻风也将迷狂
在荒原上狼奔豕突
今夜，琴声也将暗哑
红烛香残泪落

夜色　至暗
觅食，鸟雀必将如期飞来
殊不知
一张巨大的尘网已悄悄布下

2005 年 10 月 8 日

# 流 浪

从河中央游回岸上
惊诧于一缕缕琴声苍凉

风寒刺痛疲乏的神经
雪水任意给干涸的土地解渴
从海天之涯
白龙马驮着我壮烈归来
一路上百花徐徐盛开

贩卖情感的文字信息
布满娱乐城高墙
烟雾朦胧的世界
偶有流浪歌手踯躅行经
一串串生僻的形容词
从草丛里爬出
在歌手的琴声里妄自多情

我没有扫帚
我的扫帚被乌云卷走
擦亮迷蒙的眼睛
冲出迷雾苍茫
一阵匆匆的马蹄踏过村庄
清亮的麦苗深情回望

流浪

掩埋未尽的红尘

山川上，一些楼群破石而起

探险队员收工回营

流浪的我，紧跟探险队伍

把铁锤敲打的痕迹

悄悄织入鞋跟


2004 年 1 月 9 日

# 虚 拟

俘获春信
不再流连那一排朝云
所谓金镶玉辔名满堂
且罢

惜别盛夏
汩汩的河流日益静谧
南岭人走过千年郁孤台
绝尘而去

汗颜诗存
垂柳之手不吝千古风情
蘑菇云鬓却已低眉不识

滤除虚拟
木讷文字，负重无力
可笑的葛巾
再也漉不出那一坛醪酒

2021 年 1 月 31 日晚

# 荒废少年

时光
被宣泄在桌上，月下，歌厅里，吧屋中
迷幻
消散在胸口，心头，酣醉里，啤酒中

想起珍惜
春风跃过玉门关
想起打拼
金戈铁马撕破了喉咙

玩世之心
太多虚幻，太多杂质，太多偏执
像云一样飘忽不定
如雾一样轻薄渺茫

1998 年 5 月 14 日

# 昙 花

也许

一切是遥遥无期的星河之旅

一切是烟云交织的雾霭沉沉


也许

一切是假想重叠的浮生期许

一切是悲情重蹈的精神消耗


也许

有一棵魔幻的树

摇曳着潮情澎湃的梦境


也许

娇艳一时的昙花，注定

只为结出一世短命的苦果


2010 年 4 月 28 日

# 探 微

秋风洒向莲房
羞涩的诗神
手执如意
兀自穿过梦里长廊

哪来的晷影
招致虫雀尾随
无趣的宣纸徒有华表
横竖变形的文字
在偷盗中暗淡

探微夜色　舒放自如
一轮明月守望的静默时空

2021 年 9 月 3 日

# 蒙 蔽

纵使一千口一万口坑洞
也难把这遍野的腐烂收尽
黎明的血色中
从黑夜深处逃出的鸟
低悬着，悲鸣不停

浮软的春泥
试图把严冬的残骸装裱
黑沉沉的蚁群
蜂拥而至，吃尽树的乳汁
摇坠的地面开始龟裂

满嘴胡话的摩登先生
看似满面红光
却是因为烧得不轻
受蒙蔽的岁月太久
他把腐朽说作神奇

2005 年 3 月 22 日

# 飘 摇

匍匐的士卒
执意前行
天高云淡的日子
眺望远方峰峦
绯红的花
飘摇着，往事模糊
接二连三的人，跟着节奏
立正——稍息——立正

的确需要重新认识
需要一些成熟而美丽的技巧
比如说
看见了乌鸦
就说看见了鲲鹏
看见了蒙古包
就说走进了白色天堂

既然已经没有了归属
你就把我羞辱，把我搁浅
甚至把我删除

删除了自由流浪的一页

你就把标榜的武德

悬挂在车来人往的路口

2005 年 3 月 30 日